A GABRIEL
NO LO MATÓ LA LUNA

A GABRIEL NO LO MATÓ LA LUNA

Idania Bacallao Iturria

CAAW EDICIONES

Idania Sara Bacallao Iturria (Villa Clara, Cuba, 1957)
Narradora, poetisa y artista plástica.

Graduada de Licenciatura en Inglés, ha recorrido el amplio mundo de la literatura a través de la poesía, relatos y críticas. Su obra, La hija del agua, marcó el exitoso inicio de su carrera literaria.

Entre sus títulos publicados se encuentran: Ana de mis amores, Mujeres raras, La plegaria de la yerbabuena, Toma café conmigo, y El día que voló la amapola, todos de temática erótica femenina y con un marcado estilo surrealista.

Igualmente, ha publicado varios textos en periódicos y revistas nacionales e internacionales, siendo una de las voces eróticas femeninas más importantes de la región central de Cuba.

Actualmente vive en Rancho Veloz, el pueblecito donde nació.

Para comunicarse con la autora: saridania@nauta.cu

© Idania Bacallao Iturria
© Primera Edición, CAAW Ediciones, 2015
℗ Portada: Adam and Eve. Yury Annenkov (1913)
ISBN: 978-0-9962047-4-3
LCCN: 2016934789

Al tulipán que no deja de rezar sobre mi conciencia su humilde
bondad: José Alberto Alonso Almeida

Otro agradecimiento esencial… mi gratitud a…
por el permiso de amor que me regala cuando las citas
interminables que le subrayo en mis libros se convierten en
notas pueblerinas

Adán, en el Paraíso, cuando se inclinaba sobre una fuente, aún no sabía que aquello que veía era él mismo.

Milan Kundera

No quiero que desprecies a cualquier puta que encuentres en cualquier calle; suplica y revuélcate y cesa, pero sin prejuicios.

Djuna Barnes

I

CUANDO ELLA PASÓ POR AQUÍ

BRUJO DE MUJER

Un ave puede amar a un pez,
pero dónde viviría.

Ella volvió como vuelven las historias, a contarla sin mucho disimulo. Sin mucha vergüenza. Con aretes de marfil y ojos de tristeza llegó con su rostro marchito, e insaciablemente inactiva.

No pudo disimular su boca. Estaba ahí con la misma fiera autoridad. El rictus de dolor también estaba ahí, pero más sobresaltado en la sonrisa. Esa sonrisa que no se parecía en absoluto a la de antes.

Había comprado una historia para vivirla. Y se la compró sin odio, sin miedo. Sí con vergüenza. Y ahora la colgaba como se cuelga una hamaca. En el portal. Lo hizo a la fuerza para no sentir bochorno. El bochorno duele cuando es fantasía el intento. Lo sabía desde mucho antes de comprarse la historia.

Y habló de poesía, de gérmenes, de bacterias. Pero no de amor. No pudo porque su inocencia estaba como muerta. Retirada y distante. Y vio caballos trasnochando en su cama. Vio nidos de cigüeña en el cielo de su boca. Tenedores que hablaban y murciélagos que cantaban con tristeza… Pero no vio al amor.

María Salas se dio cuenta así que había gastado parte de su fortuna. Y la historia no le respondía. Los mensajes del Universo no eran para su compra. Una buena reputación valía mucho, pensó.

Y dentro de sus siete paredes bien pintadas de amarillo tenue comenzó a redactar cartas de hechizo. Lo hizo sin propósito alguno, solo para entretenerse de su odiosa carga de tristeza. Cuando leyó las siete primeras cartas se horrorizó, pero no hizo por destruirlas, solo le pintó collares de azafrán a cada una. Nunca supo el por qué.

Con el pensamiento puesto en Edel Morales a toda hora y con las manos puestas sobre la tierra, María Salas estuvo doce días, hasta que lo vio venir con una gorra de marinero y tres tachuelas de zapatero hundidas en el pecho. Venía vivo de cuerpo, pero muerto de alma. A Edel Morales lo habían clavado con brujo de mujer.

María Salas se hincó de rodillas y él se detuvo. De su bolsa de cuero sacó tres mazos de dinero y los puso en la curva tibia que dividían sus senos. Entonces, María Salas dejó de colgar hamacas en el portal y se dedicó a buscar la forma de desclavarle las tachuelas del pecho, y que no se le muriera. María Salas tenía el corazón en un hilo, pero calló como callan las estrellas, con una gloria dolorosa y sorda.

Finalmente, y ahogada en lágrimas de rabia, se percató que Edel Morales pasaba por un gran período de depresión por haberla rescatado del río. La muerte siempre había sido para él algo inesperado y sin motivo. Y se sintió más inútil y derrotada que nunca, por su tenaz deseo de vivir siempre. Vivir mucho.

Edel Morales aún con su vergüenza presente y su culpabilidad le contó que no pudo con las privaciones mundanas, y que acribillado por los deseos se iba a la calle de las rameras para recordarla a ella. A la María Salas que le exageró los orgasmos durante siete meses y dos días. Y después, como en un estado catatónico se le desapareció. Se fue al río, y no volvió...

María Salas no estaba preparada para ese sentimiento y tuvo su primer orgasmo así de rodillas y sin ser tocada. Las ansiedades y las melancolías acumuladas durante tanto tiempo se lo provocaron. Había llegado a sentir que ella era propiedad suya, y se levantó con el juramento de ser su concubina espiritual para toda la vida. Se lo podía perdonar porque Edel Morales defendía una causa, la de ella.

Día y noche escucharon el mar porque María Salas sabía que uno también cambia por dentro. Y el mar era una extraña mezcla de franqueza y compasión. No como el río que se mezclaba entre astucia y crueldades.

Y guiada por su forma de vida primitiva y por necesidades primarias le contó todo al mar. Se lo dijo sin fatalismo. Y Edel Morales la escuchó sin conexión con el ayer, moldeado ahora por innumerables cosas que nunca le habían tocado.

Apasionadamente, volvió su pecho al aire salobre del mar y sintió que lo alzaban como Dios alza a sus elegidos. Lo sintió formando parte de ciertas flagelaciones débiles que lo forzaban a una absoluta seriedad. María Salas consumada en la ruptura completa del pasado le limpió el rostro con sus lágrimas, adoctrinándolo con su mano ardiente llena de tachuelas como si la historia que ayer compró, hoy se le hiciera realidad.

SANTA

A la memoria de mi abuela Maíta

Se había levantado con un deseo muy marcado. Abandonaría su casa para siempre. Volaría.

Con ese impulso había vivido siempre, pero esa mañana, sin mirar si el cielo era azul, negro o rojo, ya lo tenía planeado. Y decidido.

A nadie podía decirle su propósito. Quizá lo más lógico de todo esto era su propia comprensión. Y para que nadie se diera cuenta de su impaciencia, pintó nuevamente la casa. Lo hizo contemplando los nuevos espacios que le llegarían de la otra casa. La nueva.

Empezó a cambiar los muebles de sitio. Botaba papeles y cartas comprometedoras con el mayor de los secretos. La madrugada no era su único cómplice.

Entre las viejas cartas reconoció la de Ángela. Su amiga española que anotaba todas las conversaciones para escribir su novela. Nunca la escribió. Se murió con su casa cerrada cerca de un convento, que desde su infancia la miraba con sus paredes agrietadas como si la empujara a liquidar sus asuntos y partir. Tampoco lo hizo. Se quedó con el inexpresado deseo de volar. Pero Santa no lo haría así. Apenas acababa de quemar todas las cartas y de fregar los pocos platos sucios que le quedaban, se dio a la tarea de adular, una vez más, su partida. Su vuelo.

Repasaba todas las habitaciones guardando los mejores recuerdos. Los que le servirían para seguir en la nueva casa. En la nueva vida. Ya cuando detectaba que habían sentimientos hostiles, los rechazaba cantando obligadamente durante una hora. Esa terapia se la había impuesto desde sus siete años con un resultado espectacular. Se lo debía a su abuela. La linda Maíta haciendo la limpieza desde las siete hasta las ocho de la mañana, cantaba como un pajarillo para que la niña Santa con su sortija en la palma de la mano y no engarzada en su dedo, se alelara escuchándola muy ausente del mundo.

Cuando llegó la tormenta seguida de trágicas sacudidas, la linda Maíta abrigó a Santa cantándole como un buen pastor apacentando a sus ovejas. Santa, atónita de espanto ante los truenos, escuchó a Maíta con alivio. Fue esa noche de truenos cuando lo aprendió. Cantaría para convertir lo trágico en pasión.

Así fue como Santa se hizo invisible en virtud a su nuevo propósito. Pasaba inadvertida en todo momento. Cómo lo logró. Fue sencillo. Cerró todas las puertas como si ya estuviera ausente.

Durante dos años solo consiguió amantes esporádicos. No quería saber de una relación estable en esa casa. Eso lo dejaría para la nueva casa. Donde la cocina era blanca y los cubiertos colgaban bien pulidos en armarios perfectos, tan perfectos, que ella creyó que no eran construidos por la mano del hombre, sino por la de Dios.

Su cara sin arrugas, pero ya con sus carnes un poco flojas se trepaba encima del amante hasta que se vaciaba. No encontraba mejor placer que ese para la espera de su vuelo. Después, lo sacaba por la puerta del patio, no sin antes quitar la enorme tranca que la cerraba herméticamente. Nunca lo volvía a esperar. Ese amante lo sabía.

Una noche que llegó Sebastián con su pelo gris y su cuerpo fuerte y varonil, Santa se sintió distinta. Quizá fuera de su tiempo. Distinta a la que ya se había empujado cuarenta años en esa vieja casa. Y entre aullidos y semidesmayos que no sentía hacía muchos años en la cama, se interrumpió para mirar con sus ojos sin brillo a Sebastián. Lo miró con los labios aún rojos, con cierto recuerdo de alegría y segura de su empeño, para decirle: ¡Sebastián, me cago en el coño de tu madre!

Después, se metió en su vieja bata de flores amarillas y se fue a la estrecha cocina a colar café. Acaso fue el Destino. Eso no lo sabe. La sospecha ésta vez no le permitió cantar.

EL CAPRICHO

María Salas le abrió la boca a Karine con esmerado cuidado. Se había propuesto algo inusual en un ser humano. Pero María Salas no era un humano. Era un espíritu.

Después, le trazó tres círculos y un punto bien diminuto dentro de la boca. No quería que la historia que ahora traía como propuesta se le fuera de las manos como otras veces. Así que siguió y logró acumular setenta y dos círculos y veinte y tres triángulos. Todavía no sabía para qué le servirían. Así y todo creó nueve puntos más. María Salas era muy caprichosa con las figuras. Pero no fue por eso que las acumuló. De un momento a otro ya sabría el porqué.

Sacó la mano derecha del guante que la abrigaba, también por capricho, para medir la boca de Karine. Tendría que cortarle la lengua. Estaba muy exagerada y ocupaba demasiado espacio para su urgencia de proposición.

Karine estaba a punto de gritar cuando María Salas, de momento, le cerró la boca de un solo tirón, para después quedarse muy apartada en un rincón meditando con treinta y dos cuadrados acumulados en su espíritu, que aún la mantenían en suspenso como los círculos. Tampoco sabía para qué le servirían.

Al cabo de dos horas y cincuenta y dos segundos, levantó el rostro y vio como quebrada la figura de Karine en el espejo. No se lo dijo por pena, pero tenía que abrirle la boca nuevamente. Esta vez lo hizo a la fuerza. Karine gritó y gritó con tanto nerviosismo, que doce círculos se perdieron sin motivo alguno.

Cuando María Salas los vio en el hueco profundo de la laringe de Karine, se ofuscó de mala manera y volvió a medirle la boca, esta vez lo hizo con colores de un sabor muy ácido.

Karine volvió a gritar, pero esta vez llorando con náuseas. A María Salas no le gustaban las injusticias y le reclamó sus doce círculos. Karine volvió a llorar. No sabía de lo que le hablaba. María Salas le explicó que quien roba círculos es un circulero y eso se paga como pecado. Karine tampoco la entendió y varios lagrimones se le cayeron mojando a cinco círculos, que a su vez también desaparecieron. María Salas no pudo más con tanta ira. Y le cortó la lengua a Karine. Después, la miró como a un jeroglífico.

Entonces, María Salas con sus sentidos extras y a puro galope, hablaba, experimentaba, determinada a descubrir porqué cuando Karine gritaba, llovía a cántaros como si se necesitara del océano en todas las bocas.

No lo descubrió. Y volvió a trazar sus doce círculos. Esta vez sin acumularlos. Nada tuvo que ver Karine con esta falta de acumulación. Pero sí tuvo que ver con el silencio. También con los cincuenta y cinco días de lluvia que no le permitieron a María Salas salir del río a curarle la herida de la lengua. Que ya no tenía, por supuesto.

Pero a los seis días y tres horas, como si rezaran los peces en la aurora, rezó María Salas con su alma en la vida cuando le abrió nuevamente la boca a Karine, con otro esmerado cuidado. Para dejarle caer, también con mucho cuidado, a un loco que mezclaba los círculos con los cuadrados, como si también se hubiera propuesto algo inusual en un humano.

ESTÁ SALIENDO EL SOL

Isadora Duncan no se había atado la bufanda por gusto, la necesitaba para que la historia la matara. Se la bebiera de la vida por libre, o por libertina... Eso no se sabe. Lo que sí se sabe es que solo así sería exonerada de sentirse la mariposa que embellecía a los teatros.

Con su voluntad de hierro y su avidez por cumplidos y pasiones espirituales, se afincó en la creencia de un espíritu divino llamado María Salas. Su sencillez era lo suficientemente humana como para no menospreciarla. Fue así que permitió que la bella María Salas la exorcizara de los muchos demonios que la afligían, como si ella fuera una pobre criatura y no una artista con alguna creencia filosófica.

Por supuesto que el hombre de Isadora, con toda su valentía y luminosidad, trató de mantener bien alejado el reguero de vestigios que traía María Salas en su espíritu, para así conducir a su mujer a impactos muy característicos en ella. Pero Isadora con su modo de aprehender hasta a los vientos, se dejó apasionar. Y una noche con un patio lleno de hormigas y rodeada por los colores del arcoíris, María Salas le dijo que al demonio le gustaban sus ojos. Su camino estaba trazado. Isadora Duncan no la vería más.

Toda vestida de blanco y con cinco collares de amatista, Isadora se dejó arrastrar por un deseo muy apasionado. Ya estaba aburrida de regalos, fiestas y bailes. De las terribles reuniones en las noches de mayo... Y aburrida en el ámbito doméstico.

Y poco antes de que muriera la reina Victoria, Isadora comenzó a recibir encargos para participar en muertes de grandes acontecimientos. María Salas buscaba introducirla así en grupos condescendientes, pero fracasó en convertir aquello en algo divertido para Isadora. Su mayor sorpresa fue que la propia Isadora estaba extinta en su enorme cama, ya tendida para su muerte desde hacía más de dos mil setecientos años sobre el planeta Tierra.

Con un velo intacto, y aún tibia Isadora Duncan, se despidió de la bella María Salas descargando todos los golpes que tenía en su vida sobre la emocionalidad de María, que perdida de emoción y con su sensibilidad sobreexcitada, se inclinó para besar el rostro de la mujer más ágil que había conocido en su vida. Después, la tiró al mar desnuda. No quería verla morir en un auto desnucada por una frágil bufanda. Los demonios así se lo pidieron.

MUJER MALA

Para cualquier caos de familia.
Como la mía o la tuya, por supuesto.

Pastor se ha quedado para mirar la historia que hace su mujer. Una historia que si se cuenta con plenitud, puede causar un gran caos. Caos que no es para mirar la historia. Sino para reconocerla.

Mujer mala se impulsa, toma un bate y sale a las noches a matar la serpiente que rodea su casa.

Con cinco sacos de maíz y tres racimos de plátanos, Pastor camina toda la ciudad para alimentar a su cría. Solo así encuentra la forma de matar su odio por la vida. Trabaja y suda para olvidar que si alguien cuenta la historia de su mujer, él no la conoce. Alimento éste que se proporciona como si él fuera una cría también.

Mujer mala tiene un tarro en la cabeza para hincar de rodillas a la serpiente que ya no rodea a su casa. Ahora rodea su vida.

Pastor cuenta cinco plátanos por día y tres billetes caen dentro de su bolsillo. Esta vez no va a alimentar a la cría, sino a su ego. La puta que consigue, no le cobra en dinero. Se salva la cría. La puta que no vale un centavo, se hace valer por un plátano.

El plátano lo chupa, lo engrasa. Primero, se lo mete a Pastor, después, se lo mete ella. Pastor sale contento de la casa de la puta y sin su plátano. Mañana tiene una reunión pronosticada para ver cómo se endurece el plátano.

Mujer mala se sacó una costilla con tremendo dolor mientras Pastor salía contento de la puta. Y se la acaba de regalar a un muerto negro que tiene en la familia. No conoce quién es Adán. Tampoco conoció al negro.

Pastor ya sabe a qué hora es la reunión y fija otro encuentro con la puta. Pero cuando llega, ésta baraja sus cartas y le dice que así no entre, porque trae un muerto negro pegado en la espalda.

Pastor con su inmoderado capricho, le hizo un mohín de desdén a la puta. Pero el muerto estaba ahí, y con una manera estridente y rebosante de carcajadas, no lo dudó para encaramarse aún más en la espalda de Pastor.

Mujer mala ya aburrida del bate, de la serpiente y de Pastor, sale ahora de su casa a expresar sus propias e intensas emociones. Dedica sus recuerdos personales al muerto negro que peregrina en su intimidad.

Ese día, Pastor llevaba un abrigo que tuvo que quitarse con urgencia porque sentía como si un chorro de luz le entrara en su espalda, con fuerza. Tembló mucho rato antes de calmarse. La puta cayó de rodillas ante él, entrechocando los dientes. Llena de malos presagios y con cierto malhumor, hundió sus manos en la espalda de Pastor. El muerto negro se defendió un poco al principio, pero no mucho después dejó de resistir.

Después, hicieron el amor. La puta era todavía una mujer atractiva, aunque la edad comenzaba a dejarle huellas en el cuerpo. Así y todo, no pudo quitarse una sonrisa que se le quedó quieta en el rostro después que espantó al muerto.

Pero así gozó ella y así gozó Pastor, que esta vez le pareció que hacer el amor después del muerto, le resultaba un quehacer mecánico y no un reconstituyente para su organismo.

Cayó en un sueño que tampoco comprendía. Cuando despertó, la puta tenía la piel estirada como nunca. La luz de la calle que se filtraba por la sucia claraboya, le hizo comprender a Pastor que la sesión de esta vez ya había terminado. Así que pagando y marchándose fue lo mismo. No sin antes mirar para los rituales de la esquina del cuarto.

Mujer mala empujada por una especie de brujo que el muerto negro le trajo, sacó tres plátanos de su cocina y los regateó con la serpiente, para hacer crecer la cosecha.

Pastor amaneció con ladillas por todo el cuerpo y un enorme chacro. Un hombre tan frío y práctico como él, se sintió asqueroso.

Tenía los ojos inyectados en sangre y húmedos, y sudaba sintiendo solamente maullidos de gatos.

Mujer mala esperó la respuesta con el cuerpo tenso y los ojos desorbitados. Mientras, el muerto la penetraba con brutalidad. Sus ojos saltones y congestionados estaban llenos de una furia y una estupidez atroz. El pánico era grande. Pero su gozo también. Mujer mala también sentía maullidos de gatos.

Pastor se fue casi corriendo hasta donde las olas morían, para aliviarse así de semejante picazón. Sentía una reventazón en el estómago que lo dejaba casi sin aire. A partir de ese día, no pudo liberar nunca más a la puta. Tuvo que ir noche tras noche hasta donde la claraboya se ocultaba por las noches y se encendía por el día.

Pastor le hizo una confesión, *capaz termine enamorándome de ti*. La puta con ademán impaciente y la voz helada, derramó lágrimas que le dijo que no eran de dolor, tampoco de amor. Eran por la falta de los plátanos. Pastor se rio de buena gana, sin dejar de pasarse el algodón sobre el chacro.

Hicieron el amor con cierta dificultad. Pero la actitud tan desenvuelta de la puta hizo que se convirtiera en una enamorada que conocía a Neruda de la cabeza a los pies. Su piel ahora más olivácea y suave que antes, dejó a Pastor balbuceando versos a su oído. Sobre la gran mancha del pubis le recitó, tragándose el resto del cuerpo como si fuera el fondo de su propia vida. Pastor estaba dispuesto a correr un maratón a la orilla de la puta. Sin plátano. Sin cría. Sin serpiente.

Mujer mala en pleno apogeo con el muerto, se mezcló por completo de su ternura y de su deseo. Y lo deseó vestido con la piel de su serpiente, para así matar a la ladilla que la mortificaba todas las noches. Pastor no regresó.

GUITARRA GUAJIRA

Por el toque de inocencia que la Delgado
hace de su cuerda de guitarra

I

Mikeicha sabía que cuando descolgara la guitarra de la pared, algo ocurriría. Y un relámpago de siete colores le dibujó las manos cuando lo hizo. Después, las cuerdas comenzaron a tocar a solas una tonada guajira. Mikeicha se sintió montada en zancos y con la cara desfigurada. Después, se vio el cuerpo en harapos, a menudo descalzo, y a menudo exótico.

La guitarra calló su música, y se vistió con un gran overol de payaso y un tricornio en la cabeza. Mikeicha se agachó en un rincón, para así mirarla con más detenimiento.

La guitarra como una artista callejera, se refugió en un nuevo disfraz para no dejarse reconocer. Ahora traía un blusón blanco de seda, unas sandalias de pergamino y un chaleco muy bien abierto, que recordaba a los pastores grecos.

Mikeicha se sintió tan nerviosa, que se llenó de unos ruidosos estornudos que le enrojecieron la nariz. La guitarra resultó fascinada por aquel enrojecimiento y volvió a tocar otra tonada guajira, pero esta vez lo hizo como si encendiera un palito de incienso para purificar espiritualmente el ambiente y el karma que Mikeicha traía contagiado desde su nacimiento.

La sesión parecía una fuma de marihuana, donde la otra Mikeicha se veía dormida patas arriba con un centenar de óleos de bestias, bocetos de caballos y dibujos de mujeres rodeando aquel cuerpo, que no tenía en absoluto nada que ver con el de la Mikeicha real.

Este cuerpo de Mikeicha estaba terriblemente sacrificado por dibujos de un *jockey*, que contaba anécdotas de hombres de pura sangre y anotaba su manual de geografía deportiva sobre cada pedacito de piel que le despertara interés. Ya había pintado casi cuatro años desde entonces. Mikeicha dictaminó desde ese mismo entonces, que la fantástica mutación de su piel se consideraría para hoy y para siempre, una gran obra de arte.

Y con olor a hierba impregnado en la piel, se pasaba casi toda su vida en noches de música *pop* o en fiestas *hippies* que la disparaban a viajes suprasensibles y pesadillescos. El *jockey* resultaba en esas fiestas, algo anacrónico. Por eso terminaba la noche haciendo cosas en las que no se reconocía. La música, los paraísos artificiales y la promiscuidad le mataban los orgasmos.

Mikeicha, de un momento a otro se vio transferida a lugares, hechos y personas totalmente desconocidas para ella. Bailando con un melenudo sin zapatos, fumando hierba, haciendo el amor bajo las mesas, en un clóset o en jardines, miró a su guitarra guajira preguntándose por qué la reaparecía en esta nueva reencarnación. Qué aventura, temeridad o desvelo la consumían ahora, como a una puta en una subasta de caballos junto a ese *jockey*.

Y la guitarra se lo respondió cantando:
Con el amor al derecho o al revés
qué suerte, qué suerte separar el sexo a la vez
en un mundo abierto sin envés.
Qué suerte, qué suerte…
Con el amor al derecho o al revés.
En un mundo sin revés.
Qué suerte, qué suerte.

II

Mikeicha me miró como si no me hubiera visto nunca en la vida. Antes de que yo pudiera dirigirle la palabra, ya me acercaba la cara para besarla. Después, me estiró una mano y me saludó en un italiano perfecto.

Esa noche me llevó a comer zanahorias, pepinos y arenques. Al rato, me dijo que no sabía por qué me decían GG. Nunca se lo expliqué. Después, me volvió la espalda para enfrascarse, con el más absoluto desparpajo, en una charla con la gente que la rodeaba.

A mí me asaltó la idea de que todo aquello era una elucubración fantástica, cuando ya entraba a su suntuosa mansión, que ella llamaba con la mayor de la sencillez, oasis. Lo decía como si me estuviera llamando GG en todo momento. Y a todo momento.

Dentro del oasis, rodeada de sauces y amapolas, estuve alelada mirando botes de pintura, caballetes, telas sobre bastidores, libros de arte, discos regados por el suelo, hasta que sentí una música guajira que me sacó de ese sopor. Como si estuviera llenando los vacíos, dicha música ofrecía un espectáculo de coquetería muy singular.

Mikeicha ahora parecía más segura de sí misma y más desinhibida que antes. Se había aclarado algo el pelo y vestía una falda muy corta. Me presentó a sus amistades, con un GG ebrio y eufórico, al mismo tiempo que llenaba las copas con una botella de champán. Estaba perfectamente consciente de que yo la habitaba persiguiéndola con la vista.

Después de un instante de pasmo y de mudez, y a escondidas entre tabiques y alfombras, la cogí del brazo obligándola a apartarse de quienes la rodeaban. Me dijo GG nuevamente, pero esta vez como un súbito arranque para susurrarme con mi cabeza entre sus manos, que la música que yo escuchaba la había comprado con la mansión, hacía cuatro años. Después, zafó una de sus manos y como un insulto de majadería, me cantó una jerigonza como una niña mala:

GG, GG, GG
Despacio de abajo para arriba
GG, GG, GG
Qué suerte, qué suerte
GG, GG, GG
Separar el sexo con la melancolía.

Volvió a pasarme la mano, pero esta vez se la agarré. Objetos, mesillas, lámparas y animalitos comenzaron a estremecerse. Todo era una lluvia de sonidos. El sombrero, que le hacía juego con los botas, cayó entre mis piernas y ella solo atinó a decir: *GG, GG aquí hay un pequeño signo de asentamiento tocándonos la música del tacto.*

Después de estar bien atenta escuchando los siseos profundos, muy dentro del oasis, fue pegando su oído a mi ombligo, y me dijo bajito: *Yo solo quiero saber si aquí también suena...*

Y como si estuviera sumida en una evocación musical, también escuchó dentro de mi ombligo a la guitarra guajira cantarle:

Con el amor
al derecho o al revés
el sexo se puede también.

II

EL ZIGZAG DEL ENANO

CUANDO BAILA LA CIGÜEÑA

Para que tú sepas que eres un huevo y yo la carne, tenemos que tomar una decisión. Una decisión que no marchite a nadie. Ni obligue a nadie a nada absolutista.

Pero la diferencia ya está hecha hace ya miles y milenios de años, y siglos. El huevo es blanco y la carne es mestiza. Esto nada, ni nadie, debe tomarlo como una travesura. Aquí no estamos haciendo nada de tratamiento dietético, ni de ejercicios que le devuelvan las fuerzas a uno. Aquí es lo mismo que decir que casi todos los seres humanos dormimos, o por lo menos necesitamos dormir ocho horas.

Digamos que estamos entablando un dialogo, quizá en busca de algún apoyo psicológico para evitar traumas diversos, trastornos nerviosos o depresiones de las nuevas, de las más modernas. Esas que conoce medio París, pero que tú y yo no conocemos. No porque seamos huevo y carne, es porque nuestros casos son como el insecto hembra que devora al macho mientras hacen el amor. Todo lo nuestro termina en un restaurante, horrible algunas veces. Allí no hay *whisky* malteado y están prohibidas las carnes fritas… Son necesarias las herviduras. Es menester obligatorio del restaurante, mantener la salud del cliente. Las grasas son directos acongojamientos del alma. Ya lo aprobó el Minsap cuando empezamos con este dilema de que tú eres un huevo y yo la carne. De la manera más natural del mundo, entabló contigo y conmigo, un decreto que hubo que firmar hace no sé ni cuantos años y que todavía perdura en dicho restaurante. No sé si lo recordarás. Yo firmé el contrato temporal. Tú no, tú tuviste que hacerlo permanente.

Después de aquello, se sintió tanto silencio, que la noche en que te bajaron de aquel edificio maloliente donde había calabozos con olor a excremento, de ti quedaba muy poco. Fingías oponiéndote a todo lo que te gritaban los que estaban detrás de las rejas. Pero lo fingías tan bien, que tuvieron que buscarme a un traductor para que yo entendiera aquella voz delgadita, vacilante y chillona, que escuchaba de tu ya poca vida.

Para mí fue muy penoso ver como fingías con la más absoluta naturalidad, como si nada extraordinario estuviera pasándote en esos momentos. Pero cuando ya te quedaste a solas conmigo, te empecinaste en tocarme el tema una y otra vez, pero yo cerré despacio la puerta. Lo más despacio que pude, porque esos semi monólogos tuyos me dejan siempre abriendo demasiado la boca. Y esto me puede acarrear que interpreten mal a mi traductor y lo pongan de patitas en la calle, en menos de un segundo.

Y me quedé en casa muy preocupada, pero muy preocupada, porque al día siguiente tenía que ser una torta que tuviera mucha crema, y sobre todo, que impresionara lo más que pudiera a los visitantes. La suerte fue que todo lo que había improvisado me quedó perfecto. Los extranjeros salieron hablando un idioma que ni el mismo traductor, que siempre me acompaña, dio con la traducción. El resto, ya te lo imaginarás, mucho dinero y muy buena bebida con su debida gozadera.

Después, salí como alma que lleva el diablo de la esquina donde me dejaron, porque estaban unos de los que les dicen maleantes, dispuestos a llevarme a no sé qué lugar, para hacer unas entregas secretas, y esa sí que ni fraguada para mí, en mi propio destino, yo la acepto. Soy muy carne para eso.

Con la excitación que agarré allí, hasta me olvidé llamarte para ver cómo habías salido tú en el *kiosco,* adonde te llevaron los muchachos del barrio. Yo tuve miedo que esa mezcla con dieta de verdura no la aceptaran y te mataran a palazo limpio. Tú sabes cómo es el barrio ese. Ya te acordarás de aquella sorprendida que te dieron por tal de ganarte unos kilitos, que ni la cuenta te dio para empalagar al otro fulano que vive en la otra esquina, que se come tu huevo y eructa langosta. Bicho ese que detesto desde que le vi ese color y esas arañas en las patas. ¡Ay, que ruin la siento! Y qué mezquina. Siempre muda. Siempre de niña mala. Ni que no se acordara del día que compartimos la mesa de aquella valía intelectual que nos visitó y que después ni nos enteramos, pero que no entró nunca más a nuestras vidas. Dicen que se fue bravo, pero muy bravo. No sería que no le gustó la onda nuestra en la literatura.

Bueno, ponte la mano sobre el cuerpo y no dejes que te aplasten en cualquier lugar. Tienes que cuidarte mucho, aunque seas blanco y yo mestiza. Recuerda que tú eres de los que viven de pie y eres el santo patrono de mis bajas temporadas, y la de algunos otros que llevándose la mano a la boca, evitan tu olor a dueño absoluto de nuestras casas.

Y ya, que me voy porque dieron la señal de colocarse los audífonos para el cambio del idioma. Cuídate.

CORTINA DE LUZ

Para Mayra,
por sus veinte y seis nubes de septiembre
en la línea de la costa. Aún sin sol.

I

Las nubes corren y Myra viene mirándolas como si fuera una doncella que ha perdido su equilibrio. La lágrima que le cae sobre su blusa de óvalos, no es por gusto. Un cristal del avión le refleja el rostro, como una nube de la tierra y no del cielo.

Dentro de su duermevela, ya divisa la línea de la costa, y nuevamente siente el escalofrío constante que le recorre desde la cabeza a los talones, lo mismo cuando vuela, que cuando aterriza.

La llegada al país, después de tanta ausencia, la hace estremecerse presa casi de un estado de pánico. Nunca dejaría de sentirse tan desamparada como en estos momentos. Y vuelven los deseos de llorar, que muy a menudo se le acercan como si tuviera un olor fuerte y picante sobre sus ojos. Como si fueran un truquito para despistarla del momento éste donde le falta el resuello, no por miedo, sino por amor. Myra se siente enamorada.

Y cree que ese amor ya no tiene remedio porque lo percibe como al mar, que tiene sus encantos, pero con secretos muy ocultos, muy lejanos. Lo cree como una invitación para hacer un rompeolas con su deseo. O sus deseos. Un disparate sin pies ni cabeza.

Se bajó del avión entre sonidos roncos y agudos, descubierta por completo de neblina. A veces estridente la claridad y el sonido. Indiferente a las gentes que se aglomeraban llenas de llantos y curiosidades, movió despacio los labios. Rezaba una vez más, en agradecimiento a tocar tierra. Su tierra cubana. Su tierra habanera.

Vio las viejas casonas que lucían descoloridas y ensuciadas por la humedad y el tiempo, que no perdonaba ni a sus jardines ya marchitos y sin deseos. Como a todo. Como a nosotros. Viejos, niños, jóvenes, sin pies ni cabeza, que armonizaban el conjunto de la destrucción de ese tiempo que a ella también le había provocado antiguos atracos.

Quería caminar un poco, así que no se rentó un auto. Y caminó como si nuevamente sacara su perro a orinar a la orilla del mar. Cuando las calles estaban desiertas y los edificios parecían impersonales y opulentos, como un viejo avaro.

Vio la lancha del muelle, uniformados cuidando las instalaciones turísticas. Y una expresión de congoja asomó entre las arrugas de su ceño fruncido. Si su país no pudo darle oportunidades, ni sueños, hoy tampoco podría darle una sociedad moderna, próspera... Un amor.

Una sociedad que ahora la seguía con la mirada prendida a su equipaje de extranjera. La perseguía como un perrito faldero, tomado de su mano y dispuesto a que ese contacto físico, de un momento a otro se le convirtiera en un contacto monetario.

Muerta de vergüenza, se encerró en la primera cafetería que vio para alcanzar una mínima tranquilidad, y así una espera más sosegada. La familia llegó a los pocos minutos de timbrarle con el celular, que tampoco escapaba a la vista de los isleños, porque también era algo distinto. Algo nuevo que colgaba de su oreja como un zarcillo de moda.

Basta verte, estás linda otra vez. Le dijo la madre cuando la vio con las mejillas rosadas, arregladas las manos y crecidas las pestañas con rímel. Se había peinado con sumo esmero y los labios con una tenue capa de pintura, los hacía ver de una frescura muy dulce. Myra se sintió coqueta nuevamente. Segura, tranquila.

El hermano solo la abrazó y le dijo poco, *siento que hayas pasado tanto.* Después, se tomaron el café con un silencio que parecía venir del mar y de la lancha que se mecía como si fuera el rompeolas que ella necesitaba para romper con el hielo de su llegada.

Cuando la familia se levantó, indicando que ya se marcharían, Myra llevaba tres tragos de más en el cuerpo, junto a su café. Había un taxi esperando. Pero una cortina de luz la tomó de la mano sin ella saber qué cosa era. Fue así como María Salas se juró entrar en su vida, para cuidarla mientras estuviera en Cuba.

II

Otra razón más para no volver allá por un buen tiempo, fue la cabrona despedida que tuvo que darle a sus recuerdos. A su vida.

Disimulando su enojo y con un no estoy para bromas, se largó, no sin antes tirar el teléfono por la ventana del despacho, para que nadie más hablara en largo rato. Cuba se lo merecía. El despacho también.

Y ahora que ha logrado salir de esa cárcel, sin pizca alguna de autocompasión y con su pasaporte en regla, lo recuerda. Recuerda el apartamento donde tanto trabajó, lloró… Templó.

Recuerda la amapola rosada de las mañanas. La que cada día le alcanzaban con un solo propósito: amar. Amarnos. Amarse. Y combinar la tecnología más sofisticada del mundo con un buen *palo echado*, no afrancesado como ahora hace, sino cubanito. Bien cubanito. Para desintegrar todas las correrías nocturnas, convirtiéndose con sus encantos secretos, en una inofensiva, tierna y sensual que destella, sin tomar precauciones de mundo alguno.

Le costó un triunfo grande terminar ese apartamento. Le costó traducir millones de palabras, aguantar los amaneramientos de sus colegas, las putas tesis de las mismas putas, que enamoradas de los jefes, se entregaban para posibles aprobaciones… Le costó los grandes estragos que tuvo que hacer para ganarse un dinero extra. Le costó el sueño de muchas noches.

Todo el mundo la envidiaba y la admiraba, pero sabía que no era bien querida. Soltaba muy de prisa las palabras, y eso le era fatal para sus relaciones. Pocos se lo aceptaban. Y una mañana de esas que se sentía a todo dar, ignoró los matices de cierta conversación, y con una manera ostentosa y hasta vulgar, despachó a una entrevistada sin conocer quién era. De dónde había salido.

Eso fue lo que le costó que le ensuciaran la cara todos los días, a toda hora… y en todo el mes. Eso fue lo que le costó que un hombre bajito y esmirriado, medio embutido en unos trajes grandes y chapuceros, le quitara el sueño, el trabajo y el apartamento.

Y se lo dijo, *para que no sigas haciendo todas las maldades juntas del mundo*. El perfecto don nadie, para ella, ejerciendo la profesión de fantasma, la hizo desaparecer en un chasquear de dedos. Y por mucho que le dijo: haré lo que me pidas, nunca más tuvo vida, para mayor desgracia.

Otra razón más que ahora tiene Myra para amar la exquisita cortina de luz que ve desde su lindo apartamento francés, sin ser expulsada del mismo. Sin desvergüenza alguna. Sin tener que entrenarse como guerrillera en las calles francesas.

Entonces, María Salas la sintió sollozar y vio sus ojos mojados desde esa otra ventana que ahora es Cuba, donde aún escucha a la madre decirle: *Amor mío, corazón, no llores… Verás que no volverá a sucederte. Huye, Myra.*

Y se miró llena de altivez, como tratando de mejorar el humor con una energía de buen espíritu, ahora que había logrado entrar en la isla con una enorme garantía de impunidad.

María Salas se lo había dicho en su custodia, la vida es una jungla donde solo triunfan los peores o los fantasmas. Pero la vida no es Cuba. Ya no tu Cuba.

INUNDANDO TU ALMA

To: My Vincent Desobry, in Paris

A Sara no le importa que se ame la dignidad de la vida, o no. A Sara lo que sí le importa es quién es quién. Y yo soy Quien. Un Quien que si miras detenidamente, es nada más que ojos, mirada y un mecánico movimiento. Una alta figura de anchos hombros. Y no más. Y si hay más, soy Quien. Yo.

Quien, que de lo único que padece es del lento aletear de las gaviotas. Y habla solo y exclusivamente cuando hay lluvia. Y si padece de alguna angustia es porque le aumenta alguna que otra curiosidad. Sara lo ha hecho esconder, desde el lento aletear hasta el elegante parloteo con la lluvia. Y si le llega alguna que otra angustia, Sara lo llama simple y llanamente, capricho de loco.

Ahora Quien se considera un cojín de encajes con un aro de llaves tiradas sobre él, desde que está con Sara. Así y todo, logra estar extrañamente alegre. Nunca solía sentirse así, pero Sara ama. Lo ama. Quien no se esperaba recibir un mensaje así.

La miraba de pie desde sus talones, y Quien con su pecho ancho y liso, se ponía a su lado como un buen mozo de cuadra, e hinchado de orgullo, se exprimían mutuamente. *Quien, voy a hacer de ti mi gran pequeño.* Entonces, Quien ronroneaba balanceándose con su tin tin de raros sonidos en el corazón de Sara.

Pero un ruido suave se amortizó entre los helechos donde jugaba Quien a solas. Empezó a bajar y a oscilar dentro de su cuerpo de juguete. A Quien le llegó primero un goteo de polvos y después, su padecimiento lo enganchó. El aletear de sus gaviotas sacudió a Sara como a una aguja furiosa que da puntadas sin objetivo alguno. La hierba siempre estuvo debajo de Quien. Los helechos se hicieron ramitas secas sacudiendo a aquella mujer fogosa, y no solo

41

sacudiéndola, sino anidándola. Sara empezó a agitarse, viviendo por primera vez dentro de un aire que era caliente y le estremecía el suelo como si fuera un parpadeo de alucinación.

A Quien, el temblor se le extendió y le corrió por debajo de su cuerpo, por debajo de la hierba y entonces, aparecieron las gaviotas. Todo su brillo y movimiento envolvieron a Sara. Había una rareza atrayente para donde quiera que mirara, y como si se descorrieran cortinas, veía rosas deshojadas, milagros, arcoíris desdibujados a contratiempo... Quien afloraba como un ángel que gesticulaba infantilmente, y que, con diferentes balbuceos, la poseía para escucharse dentro de los helechos confesiones de corazones desiertos.

He venido volando, le dijo...

¿Es bonito París?, le preguntó Sara, echándose la falda con cierta tibieza hacia delante. *Solo los trenes*, le contestó Quien.

Entonces, voy a ir a París, porque seguro que no existe algo más hermoso que hablar con la lluvia desde un tren. Y después, decir la palabra Europa por pedacitos...

Después, Sara se quedó pensativa. Y se figuró en un tren gigante con tres hombres que la cuidaban, secándole las gotas de lluvia que traía encima. Esta vez, Quien no pudo soportar una risa gigante con la imagen que veía de Sara en París. Pero se rio tan fuerte, que el tren se estremeció muy agitado, y por poco no puede ver a los tres hombres haciendo sus malabares para secar a Sara.

Sara se pudo reír con las imágenes que le aportaba Quien, porque la magia, el poder y el juego de su juguete, la dejaron en el tren para que la sonrisa no la perdiera nunca.

SIN POSE

Dais lo había logrado. Su pose dentro del auto había sido estupenda. Genial. Muy bien moldeada, y con una rotunda arrogancia que le quitaba la interpretación a la mejor de las actrices europeas.

Su rostro armonizaba con cierto gesto, estilo fino de una madona fuera de época. Pero cuando la vi, le descubrí cierta naturaleza primitiva y sórdida en su nueva y preciada postura.

Ella pensó que mezclando franqueza y tortuosidad, astucia y estupidez, lograría que la llevaran a las ciudades europeizadas que tanto necesitaba para hacer su carrera. No para montarse en un auto de turismo, como estaba ahora, y dar esta carrera.

Estuve mucho tiempo escuchando sus mentiras, sus calamidades, sus penas y sus miedos… Pero ahora ya no la escuchaba. La veía actuar, o quizá siempre había actuado con la misma tentación que ahora le proporciona verme frente al auto. El resultado fue arrellanarse en el asiento delantero para trasladar su rostro a puntos remotos. Lógico, Dais siempre requeriría más comodidad de la que se le podía ofrecer.

El sol no estaba abrasador porque aún no había salido. Por tanto, no le golpeó el rostro como una mano caliente. Lo que sí la golpeó fue verme, así de pronto, y encontrarse a través del vidrio con mis principios. Deferencia ésta que le di hasta el día de hoy, en que no hay sol y la veo pasar en ese auto como si estuviera parada en un tablero llamado escenario y yo fuera un objeto que su mirada necesita para mantenerse distante. Alejada. Sin ser capaz de fijarse que monto una bicicleta de montaña. Y llevo la chaqueta manchada de pintura y unos anchísimos pantalones que me dan cierto toque de buen sentido. Un toque de artista, quizá similar al hecho de mi chaqueta. No al de Dais.

El nombre completo de esta otra mujer, que ahora también la observa, es Lady India, y su carisma va muy parejo a la ecuanimidad. Sencillamente, no está hecha para matar a sus semejantes. Mientras tenga sus pinturas, sus lienzos y sus pinceles, es feliz. Su ropa, usada por los amigos del extranjero, le proporciona una imagen especial. No como la de Dais que es más típica en la ridiculez que en la comedia. Tampoco como la mía.

Lady India para viajar a Escocia no tuvo que montarse en un auto de turismo, ni poner pose ridícula como Dais. El mundo de objetos creados por sus propias manos fueron quienes la llevaron hasta allá. Allí fue donde se dio toda libertad para ejercitar el talento. Quizá Dais también debiera salir. Su costumbre de anochecer sin amanecer no le traerá nada. Absolutamente nada. Menos aún le traerá montarse en un auto que no es de ella, ni el hombre es de ella, ni el chofer es de ella.

Dadas las circunstancias, Lady India no pudo pensar tanto en Dais como lo hace conmigo. No sé usar poses sin sentido. Tampoco soy perspicaz respecto a las relaciones. Cuando escribo un poema, lo hago con una única y gran lógica, que desarme al corazón humano. Pero primero que desarme el mío. Dais no. Dais vive en una vida de dependencias y enredos. No tiene mucho corazón como para crear un buen club de conciertos de teatro, o de poesía, porque todo lo emula, todo lo espina.

Dais guerrea en medio de una hilaridad descollante. La de ella. Y todos dicen que son agresiones que se parecen muchísimo a la palabra copulación. Entradas y salidas. Pero con cierta encubierta de aspereza.

En la cabeza de Lady India siempre tiene que haber una buena imagen de amor para pintar. No pudo hacerlo con Dais porque sencillamente Dais no conoce el deseo.

Pugnando contra aquella pose victoriana, se dio cuenta que Dais no le serviría para ninguna de sus obras. Entonces, Lady India se encontró muy a gusto dejándola pasar en su auto de turismo, con su palabra: copulación, copulación, copulación… en la boca.

DOS SEMANAS POR MES

Una fábula puede contarse o no contarse. Eso solo lo sabe quién conoce de esos asuntos. Y mi asunto no tiene nada que ver con las historias. Yo no soy una mujer de historias. Repito la palabra por énfasis, no por gloria, ni por asonancia narrativa. Quiero decir, y no digo. Quiero pedir, y no pido. Pero la palabra historia me repiquetea como un canto de venado en los oídos, no sé si los venados saben cantar. Lo que sí sé es que yo no sé y lo invento. No el canto, sino la historia.

El canto puede ser otra cosa. Que de cierta manera no sabe tampoco lo que es una cosa. En este país la cosa tiene un don, pueden ser muchas, pero muchas cosas a la vez. Y no deja de ser cosa.

María se compró un pañuelo, es una cosa en este país. Juan se fue del país, ya es otra cosa. La cosa mía va más allá que las propias cosas. También quiero irme del país. Reventar gomas de aire y soplarme con el viento a mi favor. Nadie me lo creerá. Yo tampoco. Porque no sé soplar.

Desde que nací, nadie me enseñó a soplar. Nunca existieron velitas para soplar en mis cumpleaños. Esa es una mala suerte, que uno no debe de andar diciendo por ahí porque eso es otra cosa. Más. Y grande.

¿Por qué no hay velita? ¿Y por qué tú sí tienes la velita? ¿Y por qué yo no tengo la velita?… ¿Y qué coño es esto de la velita? Ah, otra cosa. Aquí todo es cosa, ya lo dije. Y no solo lo dije yo, todos lo decimos. No hay un cubano que no le guste la cosa. Se la compran, la inventan, la chismosean, la discursean… Ahí sí que se me acabó la cosa.

No quiero saber de discursos. Qué clase odio le tengo a esa cosa. Un discurso puede ser otra de las cosas… No para quien haga el discurso. Para ese, la cosa está hecha, premeditada, estudiada… calumniada. De primera mano.

Entonces, que se vaya pal carajo esa cosa. O la cosa.

III

ESTANTERÍAS DE VIAJES

LOS HIJOS DE LA LUNA

Para mí

El signo zodiacal Cáncer es la más puta palabra que se puede decir en toda la historia de la humanidad. Nacen con palabras tan dispuestas, que se disparan sobre todos, como si fueran aldabonazos que nadie entiende, y que si alguien llega a entender, es solo para mover discretamente la cabeza, como diciendo: *Silencio, quien está hablando es Erika, un signo Cáncer.* Alguien que parece un demonio instigador, pues a todos nos tiene devorados como autónomas.

Dicen que este signo tiene en su mano decidir dónde desea estar, y con quién desea estar. O sea, Dios lo ha dotado de ser un vagón moderno, que lo mismo se mueve con electricidad que con energía mecánica. Y que le importe tres cominos lo que digan los demás.

La mujer canceriana vive sin aliento desde que se levanta, el hombre no. Este nace cumplido en sus obligaciones. Ahí tienen a Erika, le hormiguean las palabras, alcanza a oír lo que sucede y no sucede a su alrededor. El lenguaje de los demás y las sensaciones parecen que se le acercan como brisa que se le viene encima, y llega el día en que ya no puede más, y carente ya de sentido, Erika se lanza. Grita, aplasta hasta los pastos alpinos que se le vienen a su paso. Emite sonidos guturales, que cuanto espectador que la escucha, la cataloga de vehemente. Cuando Erika lo único que tiene es que está donde no debe estar y vive con quien no debe vivir. A viva voz soltaría ella todo lo que tiene dentro, pero se lo traga porque está prohibido, aquí en este pedacito todo está prohibido. Está prohibido dormir con los ojos abiertos, está prohibido montarse en tranvías, está prohibido hacer un espectáculo de vivo porque es necesario que sea de muerto… Aquí es donde Erika más se estremece, con fiereza, y suelta hasta espumarajos por los que férreamente se tiran para la calle a soldar zapatos, en vez de coserlos.

Erika es un caso sin par. Por lo visto ha pasado de la etapa de los ruegos a la etapa de los *quítate del medio que soy yo la que viene*. O sea, dispara para todos los lados sin colocar advertencias. Y es que Erika aprendió que en este pedacito de tierra, donde todo está prohibido, prohibido, prohibido… y más prohibido, la gran sensibilidad de su signo zodiacal Cáncer es una mierda, y que si no se mueve como una veleta será excluida de la historia. Y esa sí que ella no quiere, ni querrá nunca perdérsela. La historia es su vagón moderno. No quiere que solo sea María Salas quien la cuente, montándose en su vagón. Ella necesita, y con mucha urgencia, cumplir con su nacimiento. Le hormiguean las manos, las neuronas, las células, los pensamientos, las palabras por grabar claro y bien duro dentro de la historia. Ese es su gran afán. Y de que lo logra, lo logra. Con Erika ya no hay próxima parada. Tiene un tiempo récord para eso. Ya todos lo dicen.

Nada de estar como antes, esperando y esperando. Ya está a punto de lograrlo todo con una rapidez, que el mismo Dios se ha preguntado cómo es que lo ha logrado. Erika no sabe si acaso ella misma es quien intencionalmente ha logrado este impulso, tan distinto al de los demás. Porque es un impulso fuera del contexto zodiacal. Anda a pantalones limpios, sus zancadas se van directo al centro de lo que busca.

Y aquello de que la mujer canceriana es una feminista, una hogareña, madre de todos los hijos de la Tierra, hija perfecta de la luna, lo ha mandado para la más putas de las fracciones, y sí, se ha quedado con los árboles, y con las damas que se visten de blanco y no usan collares de santería… Se ha quedado con lo que hace mucho tiempo tenía que haberse quedado: el desquite.

Los enemigos de Erika ya lo saben y se juegan la peseta en la esquina, tratando de desconectarla del planeta Tierra, pero lo que ellos no saben es que de Erika solo queda el nombre, porque ahora es más que un perro que chilla cuando lo tratan de alimentar con venenos en las carnes, para cazarlos como si fueran bacterias sucias que se diseminan. Eso sí que no está prohibido. Darle al perro lo que es del perro. Eso ya Erika lo aprendió. Y no solo lo aprendió, también lo expulsó. Se lo sacó por completo de adentro. Lo vomitó como vomita contra el contrincante que quiere interponérsele. Erika se ha labrado dentro de una manada de búfalos en embestida.

El signo zodiacal Cáncer bajo el cual nació un trece de julio, lo guardó. Lo tiene bajo las siete llaves del trono de otras dimensiones que solo ella y nadie más, conoce. Ya se acabaron los tonos falsetes. Ahora está en la tierra desde aquel trece de julio, pero para completar su historia. Y no le va a permitir ni a María Salas, ni a nadie, que llegue y le exija, le refunfuñe, la habite. Erika está totalmente molesta con lo prohibido. Y seguirá resoplando porque Erika apolilló como a una rama seca al patito feo que fue y que no será más.

COMO POR ARTE DE MAGIA

Mi vecino trajo un marajaibo para su patio. Todas las noches el marajaibo canta. Pero por el día no hace más que llorar y llorar. El marajaibo es un animal horrible, pero es la única forma que tiene mi vecino de demostrar que él es más marajaibo que el propio marajaibo.

Los paseos nocturnos del marajaibo son un deleite. Melodías tan exquisitas como las grandes sinfonías de Mozart. Te las entona que no piensas, ni por un momento, que te acostarás a dormir, porque es como si tuvieras al mismo Mozart haciendo de las suyas con sus chelos, oboes, clarinetes y teclados… Para no decir su olvido. Porque de Mozart cuentan cada historia, que son peores que las del marajaibo, que dicho sea de paso, le han puesto hasta nombre de bautizo. Lo llaman el Guarajito. Entonces, Guarajito para aquí y Guarajito para allá. A toda hora y en todo momento, mucho más en el día que es cuando le entra la fiebre del llanto. Un llanto que es colosal, fuera de temporada. El marajaibo se desborda que es un río con todas sus turbulencias. Todo parece que es su catarsis, o quizá (pienso yo), que sea la de su propio dueño que le ha hecho tanto daño a la humanidad, que le recae como un clavo en el propio corazón al humilde marajaibo. Y de ahí que no pare mientras el sol esté en su más puro alumbramiento.

Permita la Virgen de la Magdalena que al marajaibo se le acabe este dilema porque a mí y a todos los que estamos por acá, nos tiene a puro destrozo. Ya estamos que lloramos a la par con él, es tanto el dolor que tiene por dentro, que se esparce como una espuma de mar dentro de la tierra. Llanto por todo lo que chivatea su dueño, llanto por todo lo que roba su dueño, llanto por los pases de golpes que le da al hijo su dueño, llanto por todas las mentiras que aporta a la humanidad su dueño, llanto porque no lo alimentan casi nunca, llanto porque lo someten a caminar durante el día horas y horas…

De ahí que el marajaibo cante toda la noche porque siente que toda la sucia opresión que le meten en el día, se esparce, se irradia, se sale de su contorno. Y llega lo que comúnmente llamamos la libertad del marajaibo. Sonríe, baila, bebe... Y tiempla, porque el marajaibo ya es un inteligente. Ha tenido que aprender tanto con su tristeza dentro, que no hay gallo que se le escape, ni gallina, ni perro o perra... El marajaibo es como su dueño, un clásico maniático, lleva el hermafrodismo por dentro y lo oculta, que es una de las mayores trampas que le ofrece a la sociedad. Él sabe que si vale tanto, no es por gusto. Él sabe que si muy pocas personas tienen un marajaibo paseando en sus patios, no es por gusto. Él sabe que si solo los personajes grandes son los dueños de los marajaibos, no es por gusto. De ahí que goce ese pedacito de vida que Dios le ha regalado hasta lo último. Lo exprime con un delirio atroz, es por eso que por la noche canta y por el día llora, porque no quiere, no puede, no desea enseñarle a la sociedad que es un desgraciado hermafrodita que se dispara al que se le ponga por el lado, por el frente, por la espalda... o por donde le venga. Ese no es su desengaño, esa es su virtud. Y no digamos que no la goza, porque es un mago en eso. Nadie, pero nadie, se ha dado cuenta de ello. Solo yo que ando como el marajaibo, de noche a noche, lo sé todo. Inclusive, el canto del marajaibo me ha servido hasta para inspirarme en mis poemas. Me bajan unas musas que son indescriptibles, pero muy buenas. Buenísimas. Durísimas. Entonces, la poesía se me pone calentita como el mismo canto del marajaibo. Me suben y me bajan unos gorgojes que he tenido que silenciarme yo misma con un caramelo en la boca, porque si me dejo con estas musas dentro, fuera más la gritería que la del mismísimo marajaibo.

Pero hay algo prodigioso en todo esto: mis poesías quedan escritas de rechupete. Premiadas, diplomadas, y hasta una, dos y tres se han hecho la gran *bestseller*. De ahí que el canto del marajaibo a mí me conviene, en cierto sentido. No en todo, porque el pobre, el día lo tiene que mata a todo el que le caiga cerca. Es entonces que hay que huir, porque el día lo llora recordando que cuando en la noche no canta es porque el dueño le enseña cómo se baila al compás del son. Y se lo enseña muy fuertemente, con unos exorcismos atrevidos que ya pasan de la raya para cualquier marajaibo. Mucho más a éste que ya se siente infeliz, porque le ha tocado un dueño que no conoce de libertad, y lo encierra. Pero no lo encierra para que deje de cantar, lo encierra para darle el compás del son a puro galope. Se le sube, se le baja, se lo mete, se lo saca... se lo chupa. Pobre marajaibo encantado, es la única vez que llora de noche.

Ya el marajaibo hasta lo está pensando. Liquidará a su dueño. Lo sacará de circulación en cuanto madure un poquito más la idea. Lo va a esperar en algún sitio, con mucha paciencia, porque el marajaibo es una eminencia *inteligentuda*, tiene un almacén de datos dentro que no lo tiene nadie en el planeta Tierra. Lo esperará y después, se dejará arrastrar como siempre lo ha hecho. No existirá riesgo de error, no puede existir porque dos cabezas juntas dan más luz a la vela que una sola. Por supuesto, la otra cabeza es la mía, que detesta perder el canto del marajaibo, porque simplemente su dueño se le encarama sin contrariedad alguna con su lámpara doméstica a baja luz, para sentir y ver cómo se viene su estupendo marajaibo, que bastante que le costó. Cosa ésta que muy pocos han logrado, porque un marajaibo es un caso único sobre la Tierra. Un marajaibo es como la estela de un cometa, no se huele pero se ve. No se toca pero anda. No se deja fotografiar pero existe. No se escabulle pero vuela... y cuando vuela, es porque mata. Asesina, suicida... liquida.

Muy pocos científicos han logrado examinar los tejidos de un marajaibo, porque en el peor de los casos, estos eminentes han salido destrozados. Muertos casi en su mayoría. Lo único que entiende un marajaibo es que él nació sobre el planeta Tierra para ser leal. Y pobre del que le quite ese tipo de entendimiento. De ahí que ya sabe que puede contar conmigo para lo que sea, porque yo también nací leal. Y se me está acabando la reserva, me queda tan escasa, que le tengo miedo a mi propia actitud. Le tengo pavor a que si sigue ardiendo esta rabia sobre aquel borboteo benigno que me fue común en *La Hija del Agua*, ahora no se me aparezca más, y me descubra como una leona siguiendo la huella de quien trata de vedarme.

Y como el marajaibo y yo vivimos en el mismo distrito, ya tenemos el enlace pactado, con una sola señal recíproca que me haga... Me vendría de maravilla que ya el marajaibo lo tenga todo bien consumido, todo bien estructurado, para quitar del camino a su dueño, que montado en sus multicolores caballitos (porque no resiste el veloz viaje de las montañas rusas) quede acabado, no a cuenta de golpes y porrazos, sino a cuenta de que descubran que su gran secreto es el mismo marajaibo. Un secreto que le encantaría conocer a muchos de los que viven en este distrito, que muy a menudo lo distinguen como un gran caballero. A cambio de esto, reciben un sinnúmero de ofertas. El dueño del marajaibo tiene comprado el distrito de esta ciudad. Siempre anda en la busca de nuevos atuendos. No cabe duda que quiere ser como el marajaibo, esbelto, bello... Adonis. Jamás lograrlo. Tiene demasiado rojo en su contorno. Es un cabrón demonio.

El marajaibo ha traído un centenar de salchichas y las ha colocado por todos los lugares, ciertas copas de champán también han aparecido como por arte de magia. Serpentinas y confeti, al estilo de los carnavales, decoran alegremente el lugar. Tiene que demostrarle a su dueño que se ha pasado la vida como un miserable, pero que ahora que le llegó el don de la abundancia, puede satisfacerlo a él en el todo, a sus familiares y a las amistades también. Y no escatima, hasta le trajo una casa de la más alta burguesía, una decoración interior con estilo primaveral, un servicio de vigilancia permanente, tres autos del nuevo milenio, aparatos de diversión controlados por sistemas electrónicos de la más alta calidad... Y también trajo una alegría permanente porque se ha pasado su puta vida de pie y realizando energúmenos trabajos sin interés alguno. Pero ahora que todo lo puede, la cosa será distinta. El marajaibo sabe que ahora sí todo está en sus manos.

El marajaibo tan avispado como siempre, me ha escogido a mí como la supervisora principal de vigilancia. Hemos tomado el mismo camino. Vamos a matar al dueño. Solo falta la señal de nuestra recíproca coincidencia. Espero que sea esta noche.

SOBRE LO MISMO

Todos los días conversábamos sobre lo mismo. Un día se levantó y no lo hizo más. Se cortó la lengua.

Nadie supo cuál fue el motivo, pero Bruno dejó a un lado al dios del habla para dedicarse única y exclusivamente al silencio.

Ahora todo lo dice con los ojos. Ojo para aquí, ojo para allá. La excusa de mirarte nunca la tiene. Y como la pena me está matando pues me he creído la autora de su silencio, le dedico un minuto en mi vida cada vez que logro ese minuto.

Soy escultora y a Bruno le encanta verme esculpir, pero como tengo la obligación, o quizá la promesa de dedicarle el dichoso minuto, decido (en ese mismo minuto) darle un golpe bien fuerte sobre su mano para ver si me dice de una vez por todas por qué aquella tarde (cuando aún tenía su lengua) me dijo, tú y yo tenemos que sentarnos a conversar, si es que ya estábamos conversando. Y ya estábamos sentados.

No ha dicho ni ay con el golpetazo. Y eso me tiene con una traba que no acabo de entender. Cómo es que si guarda silencio porque no tiene lengua también va a callar cuando le disparo el golpetazo.

La única respuesta que me ha dado es mirarme. Sus ojos color café se vuelcan con tanto odio hacia mis esculturas, que tengo la certeza que aunque Bruno ya esté mudo también está envidioso.

A Gabriel no lo mató la luna

UN LAMENTO SIN DESPEDIDA

No hay hombres cultos,
hay hombres que se cultivan.
Anónimo

Y pensar que Juana puede morirse sin conocer que la homosexualidad no es un vicio ni ninguna enfermedad. Pensar que tarde o temprano ni repará que pasó sobre Madre Tierra sin darse cuenta que amar lo igual es lo mismo que amar lo desigual.

Porque si Juana saca la cuenta vería que todo el mundo se lava su cosa por la mañana, recoge los mandados por la tarde, compra perfume en una tienda cara o barata y escupe en el mismo piso donde también se puede orinar, defecar, o caminar.

A Juana le llegará un día que ladrará sin saber cuál es por fin la presa que tiene qué comer. Desde el amanecer hasta el anochecer se sacude, tiembla… Es una parlanchina tirada en el suelo de que lo más lógico de la tierra es un hombre y una mujer. Porque así lo dijo Dios. Y conocerá Juana quién es Dios. ¿Se acordará Juana?

Juana que es una mujer bastante mayor, pero que para el Juan que la acompaña es una muñeca de terciopelo bastante joven como para que a la una de la tarde dé sus grititos *de qué rico, mi viejo*. O sea, Juana sabe que Dios se lo dio para disfrutarlo. Pero, lo que Juana no sabe es que también Dios me lo dio o te lo dio para disfrutarlo. Para gozarlo, para arrancármelo o arrancártelo si es preciso y regalarlo a la primera, o al primero que se elija en el día, en el mes, en el año. O en el tiempo que nos dé la gana. Así sea a la una de la tarde como escoge ella los martes de cada semana. Para que el nieto haciéndose el que está pastoreando los matorrales tenga, sin duda alguna, el instinto de varón que ella misma le educó como una gran advertencia, la oportunidad de aprovechar la advertencia misma de abrirse su braga y romper el silencio que tiene dentro del cuerpo desde que la mujer que dijo ser su esposa en una fiesta de gritos, dinero y algarabías se le fue con la propia jefa del recinto donde bailaban festejando no sé qué cosa, porque aquello de boda tenía muy poco. Quizá la fachada, la estafa, la mentira… de la supuesta esposa.

Y en ese instante en que Juana se ocupa de su blusa porque todavía está abotonada, y Juan no es de los que se ocupa de eso y menos a esa altura en que ya está medio muerto de cansancio y la negra Juana le pide *otro palito, otro palito, otro palito… papito.* Es en este instante en que Juana no se siente gratificada y se acuerda de la mujer de su nieto cuando le gritó en su propia cocina. En la cocina que ella limpia, friega, pule, decora todos los días, *que la mamada de bollo que a ella le dan ya quisiera ella que se la dieran.* Y chilla duro, pero muy duro, pero no porque su Juan no sabe darle esa cochinada que le dijo la tortillera esa, sino porque tiene un lamento dentro desde hace muchísimos años que solo lo puede soltar cuando lo chilla, cuando lo pone como despedida entre su dignidad y sus deseos, y así juega a la fantasía con Juan. Se la juega para poder tirarse a aquel negro viejo y ya asqueroso que le ha tocado en la vida, porque ella en su nidito lo que prefiere es una lengua. Una presa toda embarrada que la estremezca, que le abra el grifo que tiene mezclado dentro de sus exigencias pueblerinas, que debe estar tapado y a escondidas, porque si no todo se le escapara, todo se le sufriera, todo se le fuera de las manos.

Porque si Juana saca la cuenta notará que todo lo que le ocurre con esa edad es que desde que estuvo en la primaria ejerce sus funciones sexuales como si fuera un cofre sellado que nadie se atrevería a abrir, y menos a ella que es una negra vieja que no conoce nada más que la cremallera de su marido. Y que si conoció a otras fue por culpa de lo voluptuoso que tiene dentro y que no la deja vivir desde aquella edad en que la amiguita María Salas se le ponía como una hiedra encima de la litera cuando hacían los ejercicios para relajarse el cuerpo para aquella famosa tabla gimnástica, donde conoció por primera vez a aquel negro prieto y grande como una bestia que se llamaba Juan, y que hoy todavía la acompaña en sus años, pero no en su cama, porque ella se ha quedado con ese secreto

tan guardado de que no hay mejor cosa que la lengua de María
cuando se convertía en una hiedra sobre su cama.

CINCUENTA Y... SEIS

Para Cary,
sobre un puente de Matanzas.

Cuando yo tenga cincuenta y seis años me compraré una alfombra de cristal para ver si de esta manera logro acabar con mi inocencia. Quiero y debo ser virgen en ese momento. Juro que no molestaré a quien disfrute de los favores que traigan los recortes del cristal de la alfombra cuando la compre. O a quien me traiga el color de ese mismo cristal.

Ella parece haberse puesto una nube de sol en la cabeza cuando me escucha, y yo me he puesto un cincuenta y seis en el cuerpo que no tiene nada, y en absoluto, que ver conmigo. Su nube tiene el privilegio de ser túnica. Mis cincuenta y seis no tienen privilegio alguno. No son míos... Aún.

Soy una involuntaria en ésta mucha luz que da el cristal que me he creado, o me han ordenado crearme. No importa, cualquier cincuenta y seis se puede escribir de cualquier manera, en cualquier lugar. Yo lo escribo sobre lo más extraordinario que tiene una mujer: sus años.

Indudablemente que yo soy un niño impuro o quizá un procaz. Un niño adicto que le inventa a ella que yo soy una mujer con un origen espectacular del mundo. Soy una mujer tigre. Una mujer vengada. No una vengativa que mastica cristales porque ya tiene cincuenta y seis años escritos en una antología que ya está repleta de amores, estrategias, franquezas (algunas)... Castillos en el aire (en otras).

Ahora es cuando me observa con mucho detenimiento. *Monstruo horrible, horripilante. Monstruo recibido con una mordida de cristales.* Piensa. Quiere preguntarme ¿y qué es esa grosería de tu alma? *Demasiada trama es esto para mí*, pensó mi pureza infantil. Pero mi acortinado de mujer fue más inteligente y pensó en los pretextos, en el aplomo, en el relieve de sus senos… Después y sin pensarlo, me atreví a pintárselos de un color muy fulgurante: amarillo. Ella me lo permitió.

¡Amarillo, amarillo vuela… rómpele el cristal a la damisela!

Ese soy yo, el niño que canta. Visito así, con este canto que invento, a su perfume jerez para que se descubra el pubis. Ninguna mujer sensata lo permitiría si no le cantaras. Por eso vuelvo y subo más los decibeles aunque cometa errores musicales cuando le canto. *Aunque lo cometa, aunque lo cometa…* ese es el mismo niño que comienza a cantarle, pero ahora con miedo. Qué miedo, mami, qué miedo.

¡Amarillo, amarillo vuela… la muchacha de Dios está en cautela!

Tardó solo dos segundos. Solo dos segundos, no más. Como quien no argumenta razones, se desheredó de todas sus cuestiones sentimentales lanzándose con el pubis destapado sobre el niño, en la mujer que es el propio niño, en el cristal que es el propio niño, en la túnica que ya no es el niño… Y en los cincuenta y seis años que le inventa el niño.

Supo así dar tremendo haz de luz. Me derribó, y al momento creyó en el acto de mi música. Su belleza helénica coincidió exactamente con los contrastes que tenía el poema que le había leído. La reina emblemática tiró su alfombra desde el piso alto, después se echó a rodar. A rodarme. No hubo allí ni un solo adorno, solo un cristal de porcelana que se estrechó dentro de mi mano, no sé el porqué. Después, todo fue muy impresionante. Hermoso como si estuviera servido en una bandeja de plata. Desnuda y con bizcochitos para su niño, que la miraba con su fondo de telón, se desgajaba del volumen de su cuerpo escuchando una canción con más cabida a la locura que a la humedad que le corría (atrevida ella) dentro de sus piernas.

Júpiter, Júpiter, Júpiter el mañana no tiene ayer… Júpiter, Júpiter luna amarilla de… Luna amarilla del Jerez… Del cristal que viene de su ser. Musitó el poema.

Y soñó con el grito. Lo deliró, pero también lo gritó como si ella fuera un belga haciendo una reverencia ante una mujer desnuda de cincuenta y seis años. El tiempo no declinó. Tampoco el planeta Júpiter. Me hizo hombre también sin declinar.

Mamita, mamita, no te declines… No te declines. Mamita.

Victoriosa y con algo de satélite en su rostro conquistó mi lugar, mi privilegio, y mi conocimiento… El Cristal. La túnica. No hubo alfombra por ningún lugar. El sexo como una pluma de primavera volando y volando. Y allí quedé. Pródigo, y no muy lejano, un apretado tejido de clamores en el ambiente. Y justamente porque fui un niño haciendo como una mujer de cincuenta y seis, sigo buscando a la alfombra para que el halo de mi inocencia se descorra, se esfume… Y se murmure.

¡Murmura, mujer! ¡Murmura…! Y rompe el frío que se traga a la gente cuando se demoran contando sillas en las plazas de catedrales. Mira que soy abusadoramente un niño en un continuo vaivén de ilusiones.

IV
MUJERES PARA RECOSTARSE

ENCANTO

Su mente femenina masculina la disparaba a lugares a veces hasta insospechados para ella. Sonreía al mundo y el mundo le devolvía la alegría.

Hablaba de ser feliz como un pájaro, saltando de un tema a otro. Con su cigarro en la boca seducía, para de repente parar el entusiasmo y quedarse completamente alelada. Parecía esa su especial forma de ser feliz.

Se enmascaraba irradiando un encanto abierto y contagioso. Profundamente comprometida con un vivir el momento, pero con cierto secreto del pasado desconocido para todos. Para ella más que sabido.

Sola y ya melancólica resultaba más atractiva que cuando charlaba y se reía como una completa desconocida. Pero así a solas se hablaba afectuosa como un perro fiel. El perro era su verbo mágico. El camino atrapado y traspasado de su silencio. No poseía los modales que le irradiaban el encanto. Más allá de su umbral, los gestos, risas y llantos le aliviaban la depresión. Así María Salas se respondía a su verdadera y propia realidad.

Temblándole los hombros se impuso una culpabilidad, la de no ser feliz nunca más, a no ser solamente en su conciencia. Fue así que comenzó a irradiar cierta sensación de misterio. Pero la sociedad secreta con su conciencia la traicionaba. Y en un vagón de primera clase arrastró toda su verdad. Se fue a quitar la crueldad sin muchas excentricidades. No se lo avisó a nadie. Su sentimiento de culpa con esta audacia la llevaba a la necesidad ya casi abrumadora de hacerse desear y querer. Se tenía en tan poca estima.

Era como un niño pequeño golpeado que necesitaba arrodillarse y pedir indulgencia. Y se introdujo en Manú enredándose sin saber qué quería hacer. El pequeño niño estaba tratando de consolarse. Manú escondía una soledad fría que la transmutaba. Y captó, plena de sutilezas, los tortuosos destellos de María Salas. Y fue natural, fluida y firme en los matices de sus palabras: *Nadie te merece más que yo.*

María Salas dejó todo el vacío que traía por dentro escrito en una pared. Entonces ocurrió algo curioso. Manú que hablaba excitadamente como un perpetuo seductor, se engulló las palabras. Las puertas se abrían y cerraban con un golpe seco. El estrépito de los cubiertos en la cocina era grabado en el aire con alto relieve. Todo como a través de una cámara fotográfica. Manú era gestos con los brazos, movimientos con el cuerpo, pero no se oían las palabras. El sonido de sus pasos le era devuelto.

Y María Salas también la aceptó así con una mezcla de admiración y ansiedad. Se admitió a sí misma, tras una crisis de conciencia, para entonces comenzar a escribir cartas de amor que Manú leía y releía durante noches enteras para después entregarse al regocijo de responderlas. Manú disfrutaba de ese anonimato como nunca antes había disfrutado nada en la vida.

Su curiosidad y sus celos lo expresaba cada día con más énfasis. Después vinieron dudas que le agrietaban hasta su propio silencio. Dudas de tanto conformismo. No entendía que María Salas, atractiva y admirada, renunciara a las simpatías de otros para solo leer sus respuestas. La experiencia le era terrible e impresionante a la vez.

Pero Manú era judía y sentía adoración por cierta clase de mujer. Así que dentro de aquella escena de soledad le habló a María Salas con un gran sombrero blanco irradiando cierto toque masculino en su rostro. Habló con un insoportable dolor y con un encanto matriarcal fuera de lo común. María Salas la escuchó con su boina escocesa inclinada sobre la oreja. La escuchó enamorada inmediatamente. Viéndola como una pintura o arquitectura, no como carne y hueso.

María Salas ya no tenía puesta la máscara de sonrisa. Ahora se sentía como bautizada con un nombre sacado de las flores.

Las dos vestidas de blanco y bajo un cielo despejado, se hicieron de una elocuente calma exenta de palabras. Estaban inclinadas hacia la vida, enmarañadas de emociones. Recibían una sensación de acercamiento mezclado por violentas emociones de rebeldía, felicidad y esperanza…

Entonces se dijeron todas las cosas encantadoras que pudieran imaginar. Un poder absoluto, a favor del amor, impregnaba de un erotismo desconcertante a la habitación. María Salas independiente y madura. Manú tímida como un ave en su insegura personalidad.

Manú con su tono pasivo y muy en consonancia con el entorno, dijo de memoria todo lo que había escrito en las cartas. María Salas hizo lo mismo, con su rostro suave, sus cejas bien delineadas y sus ojos de un verde claro, extendió sus palabras más allá de aquella habitación, para después recibir una extraña simplicidad muy antigua. Todo se le convirtió nuevamente en sonrisa, y sonrió. Le sonreía al mundo y el mundo le devolvía a la asexuada Manú.

PERO LA LUNA SIGUE AHÍ

Se acordaba de las veces que había echado cubos de agua
a los gatos callejeros que asediaban a su gata siamesa,
pero eso no sirvió para protegerla…
Patricia Highsmith

Quizá algún día se pueda contar por qué estos niños son asesinos.
Quizá algún día alguien me crea esta verdad que escondo. Y
encuentre esa razón. Una razón que está como la luna. Ahí.

Las razones para entender esos ocultamientos son suficientes
para claudicar como lo he hecho yo, con mucho secreto sobre
nombres e identidades que no se aflorarán jamás, menos en este
pueblo repleto de terratenientes ocultos, sacerdotes desplazados y
herederos que no se encomiendan ni a la santísima madre que los
parió.

Conforme pasan los años, estos niños han abortado tantos trucos
y tantos procesos maléficos que si se contara en la justa y sana medida
todos los enemigos que han cultivado, nadie lo creería. Rencores que
perduran a través del tiempo se le han hecho necesarios para existir.
De ahí que dichos niños sean el particular dramatismo de un tío
político que existió, muy remozado, en su pasado. Un tío de a tiro
limpio. Un tío que aún hoy es el más puro resentimiento de todos los
lugares por donde pasó. Y juro que fueron cientos o miles. Y lo juro
sin alimentar odios y menos aún esos rencores de los que hablo.
Suficientes pruebas existen si descubro el secreto de aquel período
convulso. Hoy se repite, pero no es con la misma historia. El tío era
uno, pero ahora son dos. Y dos niños, cúpulas del poder y la gloria
del divino Dios, que sin ser desdeñada, digo que por ahí sí que se le
fue la mano. Y que el mismo Dios me perdone. O los perdone a ellos
que sería el credo más político que pudieran declarar. Porque en la
casa donde odian han tenido que cerrarles las puertas con el interés

de velar por sus familiares, porque si se despiertan de madrugada pueden encontrar lo mismo al gato que al perro, que al casero colgado en la puerta de entrada. Los tiranos no dudan con sus torturas, y si presienten que ese encierro es forzoso para ellos, y por ellos, autores lógicos del hecho, entonces sí que la barbarie se convierte en holocausto. Buscan, entonces, pruebas de toda índole que les permita multiplicar con creces los amargos sarcasmos, los insultos, los reclamos y por supuesto, en la mira final, las agresiones.

La madre que llamaremos Federica para evitar mestizajes de broncas, no deja ni un segundo vacío a partir de las once y cincuenta y cinco de la mañana. Es tan exacta que a mí me parece un reloj de péndulo cuando comienza con su martilleo. Machaca, machaca, y vuelve a machacar. Maneja magistralmente el hacha mientras silba una melodía que parece más bien un canto fúnebre que otra cosa. Descarga con toda su furia sobre el paquete como si estuviera untando una unción de bálsamo a uno de sus más allegados, que no son muchos, porque allí muy pocos son los que llegan.

Se ve grotesca en medio de aquella ferocidad de paisaje, pero se siente líder segura. El óvalo de su cara, la suciedad de su piel y el vestido a medio hacer, la hacen rozar los treinta y tantos años. Tal parece, a esa hora, una aparición que desmorona, destruye y sacrifica. Pero se contenta con el golpe del hacha y se contenta con ver a sus hijos comer sin sentarse a la mesa, mientras que ella también come en la cocina *in extremis*. El marido nunca le hubiera perdonado ese tipo de insurrección. Pero ya eso terminó, porque en un sueño que dicen que tuvo tan largo e inmóvil no se le vio nunca más. O sea, no apareció jamás, no pudo salirse del sueño por ver a sus dos hijos contando, como si fuera un inventario, sus candorosos pecados. Y se murió. O lo mataron, que todavía está esa desmemoria por ahí en cierta carta que anda en alguna que otra cofradía bajo esta tierra pueblerina.

Aunque bajo tierra y cielo no hay nada oculto, decía el pobre difunto, parece que le tocó a él mismo reconocerse que aunque no perdonara la insurrección, tampoco perdonaría que lo mataran como lo hicieron, revelando con su misteriosa muerte un territorio oculto que les pertenecía desde hacía muchos años, la finca del tío, repleta de venados, y hasta de tigres de bengala que se repletaron sus barrigas con la carnosidad que tenía en los labios el padre de los niños.

Para reconocerlo fue necesario que descendiera hasta él una invocación de una espiritista, que lo vio con la filigrana de los dedos tan marcada que por poco, en su jadeante arder de espiritismo, cae junto a uno de los tigres de bengala que ya la esperaba para sacarle hasta la última de las verdades. Por supuesto, el tigre no tenía otra alternativa, era una de las mascotas preferidas de los niños. La otra era una cobra inmensa que vivía menos envenenada que los mismos niños.

Los dos, fronterizos desde que nacieron, miraban a la madre Federica con aquel cuerpo inquietante, y se mimetizaban. Para ellos, sentir el golpe del hacha era el conjunto reconocible de sus insurrecciones. Desencadenaba en sus conciencias el infierno, entonces sus rostros se derretían como mascarillas de cera y comenzaban forcejeándose con los ojos hipnóticos. Se abrazaban con furia, semejaban despojos desperdigados como si fueran el mismo paquete que la madre Federica destrozaba día a día a hachazos y más hachazos. Que mientras se extasiaba mirando a sus hijos, más extraviada se sentía con el hacha en la mano.

Y despojada de todo ese pudor materno que algunas madres logran guardar, se quitó, por una sola vez, el vestido a medio hacer para quedarse dentro de la finca y frente a sus hijos, como una visión femenina de un cuadro pintado, desnuda. Toda desnuda atisbó, con más curiosidad, la cabeza de los niños.

Le pareció dos altas columnas en un efecto contrapuesto de luz sobre vitrales. Y se quedó inmóvil como si estuviera entre dos hileras de bancos que se vienen abajo por un golpe seco. Después, dejó a los fugitivos muy quietos, los dejó como a los vitrales, declinando en la oscuridad de la finca. Y pasó desnuda y con el hacha en alto sobre los dos, sometiéndose al mandato divino de descender, primero al hacha y luego al paquete.

NUEVE MESES

Ella podía tener un hijo. Estar embarazada y comer caramelos de menta cada siete minutos.

Pudo usar la saya corta hasta los ocho meses, que tuvo que abandonarla. No porque la panza fuera de ocho, sino porque era su única saya.

Ella no sabría si sería un varón o una hembra lo que llevaría en el vientre. Pero después de todo, a ella qué. Ella no tenía madre y no quiso tener un padre. Pero sí quiere tener un hijo. Al hijo sí.

Por eso lo puede porque lo quiere y ya, porque le complace verse en ese espejo que no sabe quién lo inventó, pero que se lo agradece cantidad porque cuando se mira en él se ve bonita, distinta y hasta perfecta. Tan perfecta que ve al hijo moverse, jugar y salirse hasta con la suya cuando le dice que ya es hora que se vaya quitando la sayita roja y corta, que ya lleva demasiados meses sin desprendérsela del cuerpo. *¡Que ya es hora, mamita… que ya es hora!*

Y no se contiene y suelta todo un dolor que tiene como si estuviera ripiado dentro de su alma y grita, llora, gimotea… Se salpica. Pero no sabe de qué se salpica, si de odio o de amor. No lo sabe porque no es de las que guarda experiencia alguna. Esta solo llega con los años. Y ella está triste, tan triste que de pronto se le olvidó que puede tener un hijo y botar su detestada ropa de una vez por todas.

Y vuelve para el espejo. Lo mira y le duele, le sigue doliendo ese ripio que tiene en el alma, y le dan unas horribles ganas de tirarle todo lo que encuentre para hacerlo trizas. Pero sabe que si lo hace ya no se verá con la panza grande, gigante… sacada del cordelito de la saya que le aprieta porque ya no tiene esbeltez, ya no tiene cintura, solo un sueño.

Un sueño que la vence porque así le sucede a todas las que se embarazan. Y ella va a tener un hijo. Un hijo que es de ella y que tampoco tiene padre. Porque qué más padre que él que ya hace más de un año que se quitó su pantalón para ponerse la saya.

LA HISTORIA DE LAS MUJERES ROTAS

Amanece y dos mujeres no ven salir el sol por ningún sitio. Se han convertido en bruma. Aún no se percatan de ello. Pero la inseguridad ya se apodera de ellas. Lo sugiere cierta amenaza humana que sienten de un extremo a otro del horizonte.

Eleyna se siente comprimida, diminuta en un peso que no sabe qué es. Elayne está concentrada en un movimiento giratorio como la fuerza de un salto, que le coloca puntos rojos en las pupilas.

Un breve relampagueo está muy cerca de las dos. Las dos que se contraen para no ser un objeto fácil que las pueda corromper.

A derecha e izquierda, sus propias vidas están siendo arrojadas sin emitir ni un solo sonido. Sin perder en la lejanía un paisaje fijo, pegado a sus pupilas como si fuera una delimitada estrechez que jamás se puede palpar. Un paisaje como una marca en la carne, que lo mismo puede ser desviada, lateral, derecha, pero no equívoca. No mentida.

Eleyna se lo explica a Elayne para demostrarle que solo son espectadoras. Mujeres en una habitación sin puerta. Mujeres en una extensión delimitada para así provocarles el miedo, el ansia… O simplemente el asco. Jamás el placer.

Por mucho que se esfuerzan no sienten nada instintivo dentro de sí. Por eso dejan por minutos reposar sus cuerpos. Satisfacerlos dentro de aquel paisaje con diferentes escalas de valoraciones.

Eleyna exteriormente no se delata en su turbación. Pasa de amplias praderas a parques públicos. Pasa de olores ácidos a olores causales como la mezcla de la lluvia con la tierra. Pero todo lo deja en manos del destino. No quiere saber qué es ese fluir suave que como un escultor ingenioso la conduce a escalas que la palpan con una mano, a zapatos húmedos que la calzan… A trampas humanas que la mezclan como si estuvieran cuidando su falda escocesa para que no se le moje dentro de su misma bruma.

Ella está perdida, el cielo está perdido... La Tierra está perdida, pero los paisajes los alcanza a percibir en un sentido tan estricto, que a ello sí le da un gran significado. A ello sí lo teje como a un punto que tiene suelto ante un hecho y otro, para no perderlo todo. Para no acostumbrarse a no ver el sol por las mañanas. Para saber que quiere una obra más conocida que la Vía Láctea. Para saber a qué ritmo de dos puntos lo teje al derecho y al revés. Y se dieran uno contra otro como si las agujetas estuvieran ahí, y Eleyna las pasara con tanta rapidez una sobre otra que semejaran peces plásticos atados a espíritus juguetones.

Pero Elayne es una loba. Se encuentra en una total evidencia. No entiende lo generoso y bueno de Eleyna. La espanta la habitación, tirándola por los aires, exponiéndola a grietas en el suelo, nombrándola como objetos tardíos de otras historias. Elayne se siente como un mordisco que causa daño, convirtiéndola estúpidamente en una muerta con una bandera rojiblanca sobre ella.

Su posición de cuclillas no sabe cuánto más podrá resistirla, pero lo hace para aliviarse ese sufrimiento molesto que la acosa, que la obliga a modificar su vida y estar de espectadora interrumpiendo su suerte, su territorio... Su vida.

Y repasa intencionalmente y sin escrúpulos todo a su alrededor. El paisaje que ve reluce en la oscuridad como un muro que esconde los sonidos, los colores, las distancias. Elayne no es como Eleyna que cree en el destino. Ella solo cree en el concierto de Mozart que puede escuchar, en el color de los abrigos, las gorras, los zapatos... El mar. Ella solo cree en que Schubert tuvo su magia musical antes de haber nacido. Elayne no cree que su hijo pudiera ser artista si ella es profesora. Por eso escucha y ve lo que Eleyna no. Y por eso también se está tomando el atrevimiento de escapar de un sentimiento, de dos sentimientos... de miles de sentimientos. Y se compara como una medida urgente y femenina con Eleyna. Se compara pensando si esto dará resultado para salir urgentemente del destino de Eleyna.

Y recurre a bloquear sombras, esfuerzos, deseos, secretos de Eleyna. Sin recato alguno, como si así descubriera un cofrecito secreto que escondería Eleyna en alguna de sus circunstancias.

Después de titubear algunos instantes y con la piel tensa como si estuviera ahuecada con puntillas, saltó sobre su propia sombra con la cuidadosa selección de no avanzar demasiado. No quería un destino asesinado por sus propios saltos. Pero está dispuesta a ver el sol nuevamente, eso lo tiene claro. Y se pone en marcha de nuevo, pero ésta vez decide, casi insatisfechamente, sujetar fuerte las manos de Eleyna y dispararla junto a ella al próximo salto.

LA PUERTA

> La familia es un gran terremoto
> donde no nace la discordia,
> sino la obligación... a la discordia.

Se cerró la puerta donde nací. Y todo parece indicar que fue cerrada para siempre. No fue Dios. No fueron los ángeles.

Si algún día después de cientos o miles, o en resucitación de mis años, digo que para mí fue banal este cierre, estuviera soltando la peor de mis falsedades.

La puerta que antes era gris ahora ha cambiado su color, su historia... sus huecos. Huecos que siempre sirvieron para ver quienes pasaban o para ver qué es lo que pasaba.

Así fue cómo sentimos lo que no debíamos sentir y vimos lo que no debíamos ver, según decía mi abuela Maíta. Que aparte de regalarme mis modales, también me regaló la casa y la puerta que hoy se cerró. No los huecos. Los huecos están vivos. Pero vivos como espectros que afloran ojos de quienes ya pasamos por allí, quizá para demostrar a aquellos que vienen detrás de nosotros que ya todo está dicho, que ya todo está inventado, que ya todo está escrito... menos esta verdad.

Hay algunos que han llamado a este cierre: injusticia. Pero hay otros que lo han llamado: hijaputada. Y una hijaputada me conviene más a mis ideales que otra cosa.

Abuela Maíta ya no está. Y si está, lo ha hecho para darle con su esencia de luz un buen palazo a alguien. O a quien me ha cerrado la puerta. Esto no me lo dijo alguien de los que hablan sobre injusticia. Esto me lo dijo ella cuando me obligó a sentarme como un bólido en el mismo centro de la cama. No para despertarme, sino para verla. Olerla... sentirla.

No lloré cuando la vi porque su mano estaba encima de mi frente, como si estuviera colocando una estrella dorada, y dialogando solo y únicamente un: ¡ahora sí!

Pero ahora sí qué. ¿Qué…?

Que mi historia no comienza aquí, sino en otra puerta. Detrás de una puerta donde fui hecha tan abiertamente, que simplemente creo en los cristales porque a través de ellos todo lo vi. Todo lo observé como si siempre tuviera pegado a mis ojos un gran catalejo que descubre hasta a las catacumbas. Por un solo motivo: mis padres después de besarse, acariciarse y darse todos los mimos del momento, decidieron que allí estaba mi verdadera puerta y me concibieron detrás de su cristal.

Nunca supe el propósito que tenían. No me dieron tiempo a ello. Simplemente escogieron un sitio, un lugar en un crudo invierno de noviembre. Y después de nueve meses para mí y siete para la familia, aporté al mundo un grito muy tierno un trece de julio. Día en que mi padre por el mero hecho de su costumbre, se merendaba su quinta o séptima cerveza sin conocer que su única hija ya había hecho su viaje de llegada a la Tierra.

Como para los niños no existen secretos y las puertas no tienen cerrojo, dejé a mi madre malgastándose prematuramente en las primeras lágrimas que ya soltaba por mí. Y a mi padre lo dejé como al dinero, que nunca pasa de moda. Siempre está en el próximo mes, en el próximo año o eligiendo un armario donde empotrarse. Aunque mi padre tenía un reino propio para ese asunto. Nunca tuvo la inquietud de estar preso por eso. Y mucho menos por una libreta de ahorros. El buen dinero siempre iba a parar a sus bolsillos como un cordero de Dios, pero en grandes manadas. Y nunca empotrado, pues siempre fue el gran uso indiscriminado de su vida, como lo fueron las mujeres.

Mi madre lo llamaba comúnmente espíritu maligno, o vicio, o vanidad. Ella nunca se decidió por llamarlo como los tarros de mi marido. Creo que si hubiera sido de ésta forma, su existencia hubiera perdido flexibilidad, y rápidamente hubiera echado a un lado su vanidad para sacarme de su camino, castigándome a fronteras regionales que no serían ya de este mundo. *Mamita, tú sabes cuantos trajes rojos de otoño hubiera dejado de ponerme… Mamita, cuanta cabellera rubia hubiera dejado de pintarme. ¡Ay, Mamita, qué lindo fue que limpiaste todos los amores clandestinos de mi padre!*

Todavía conservo esta codicia. Todavía me la machaco como a los diez mandamientos para que no me llegue ningún varoncito pretencioso a distraerme con superficialidades y tire a la basura mis greñas entre rubias, negras o descoloridas, como le sucedió a mi madre. Me basta para distraerme colocarme en la boca una poesía de chocolate. Los varoncitos son goznes de armario, chirrían demasiado para sus desayunos. Por mucho que los miro y los miro, no me quedan bien. Calibran, miden y machacan demasiado.

Miren a mi padre. Ahora mira para su cerveza como si intentara palpar la textura de un lujoso vestido de mujer. A él no le importa que ese vestido esté pasado de moda o que esté en la moda. Mi padre no es de los que pospone compras de ropas. Tiene una iniciativa para eso espectacular. Le basta tomarse más de tres cervezas para saber el efímero placer que le provoca un gracioso vestido estampado, un lazo amoroso en el cuello, una cinta de dobladillo a cualquier mujer. Su calidad y confección son para él la eternidad de la ternura. Se los come como golosinas y pastelitos. Y aunque la moda cambie velozmente, mi padre parecer ser el dueño y señor de todas esas puertas. Que no es la mía, por supuesto. De lo contrario, ya estuviera llegando aunque fuera para escudriñar a mi madre en su conciencia. No que siempre se ufana en las cuestiones humanas rechazando, expulsando, reduciendo… Hablando arbitrariamente del testamento que le dejará a su hijito que le faltan tres días por nacer, según la cuenta que lleva su mujer escrita detrás de la puerta. Y le ha colocado en un fino envoltorio unos calzoncillitos azules bien chulos, para que su mamaíta se sienta orgullosa de su hijo como ya se siente él, que va por la sexta o séptima cerveza y sigue hablando que es un riesgo para la humanidad hoy en día ser un transformista. Que eso apesta. Que hay que ser macho. Bien macho como lo será su hijo cuando nazca para allá para el trece de julio.

Pero ya hace mucho rato que yo abandoné mi transporte público y estoy en la Tierra con una teta pegada en la boca como si fuera el estuche de un instrumento, y empuño mis manitos en torno a las asas del violín que tiene mi madre en su pecho, para que yo golpee sus instrumentos de cuerda que rebotan en mi colchón de goma, porque yo soy la única hija de su mamaíta, y tengo que seguir por esa buena senda toda la vida.

Por eso beso, chupo, halo el gran olor de los pezones de mi madre con mi boquita, para no olvidar que mi padre se regocijaría si pudiera competir conmigo esa gran ambición que tiene como hombre, la de primero tomarse la cerveza, para después hablar y hablar... de mujeres. No de hombres. Y mucho menos de mí.

HASTA QUE POR FIN DIOS
ME HIZO MUJER

> …cuando no pague impuestos ningún sueño
> ni haya séptimos pisos para amarse…
> Entonces, cuando el amor tan sólo,
> será todo más fácil.
> Joaquín Sabina

Cuantas veces, Cary, habrás dicho te quiero o te amo. Cuantas veces esperaste ese diluvio universal que Dios les regala a todas las mujeres para soportar las vacunas del sexo.

Cuantas veces hasta esperaste lo malo y te llegó lo bueno. Y cuantas veces pensaste: *Bendita sean estas adiestradas fieras que vienen a mi pila bautismal.* Pero no lo dijiste. Te lo tragaste, Cary, porque los adultos somos como las carteras mal pagadas, que siempre están llenas de recuerdos, pero no de dinero. Aunque Joaquín se limpie uno de sus pecados diciendo que el dinero, ese bello penitente, es el único Dios verdadero.

Hasta que un día Dios te hizo, no lo que a Joaquín, sino lo que a ti, te hizo mujer. No a tiro limpio sobre la nuca, sino sobre los récord que guarda al mismo Santísimo para que tu cartera esté bien pagada. Y al fin te llenes la boca maldiciendo a *los ministros sin fuste y con cartera,* maldiciendo a *los chulos de rameras malpagadas.*

Y eres, Cary, la primera que se levanta bien temprano sobre el espacio que guardan en el verano las arenas para los niños, a soltarle al mar el primer movimiento que te penetra como no te ha penetrado jamás nada dentro del cuerpo. Y se te acaba lo lento, lo que decrece… Se te acaba, Cary, esa espesura que tienes en el pecho desde que naciste, mezclada con el ruido del llanto, tan parecido al estruendo del mar donde fuiste ahora mismo a soltar, a botar. Porque tú eres una hija bien purísima del mar, y nunca te habías dado cuenta de ello hasta hoy que te sientas en el peldaño más alto que tiene la escalinata de tu cuarto, para apagar de una vez por todas el ruido del motor que tienes dentro, circulándote como una respiración incómoda, hace mucho tiempo. Y el lugar se vacía, el rostro doloroso se aparta, la mano ácida cae, los dedos no te señalan rotos cristales… Los ojos se te abren.

Entonces, ya sabes decir: malditos sean los desarmados en los desalmados, y *benditos sean los ceros a la izquierda… Benditos los donjuanes sin tierra ni partido.* Malditas sean las veces que dije te quiero. Maldita sean las veces que dije te amo.

Y te desapareces de la escalinata donde estabas meditando con una ternura tan desesperada, que ahora estás de una distracción continua a otra. Das media vuelta riéndote de *tu lagrimón estilo cocodrilo,* de *tu cuento de calleja* en todos estos años, de *tu retrato robot.* Pero no ves que detrás de ti todavía está tu fotocopia, que te enmarca descaradamente como un farol encadenado para vengarse de las cuantas veces que dijiste te quiero o te amo sin sentirlo, solo para probarlo, sin voluntad, sin deseos, con risas… Solo para calmar el encadenamiento que tienen las palabras unas a otras en los encuentros, y tus ojos se agrandan para ver la única luz que te entra, que te llega, que te penetra como si fueras a reanudar la palabra vacía del te quiero, y caes pero no caes, como las gaviotas muertas que siempre has llorado en el muro del Malecón. Caes antes de la serpiente, antes del paraíso. Caes ante Eva, porque verdaderamente cuando sí te caes de verdad es después de copular con los dedos de una mano que te regala el gusto de cada mañana. Y así, y solo así, caminar sobre la arena tibia del verano echando a un lado *los quitapenas que dejan resaca. Las marujitas que pierden al bingo.*

TUTEE

I

Tutee entró a formar parte del universo español cuando Juan Luis se le encaramó y ella se le movió. Cubana puta que no se iba a deshojar ahora ni nunca. Y tamborileó sus dientes para morder, mamar y chupar al mismo ritmo de la música de Los Aldeanos, en una habitación muy cara.

Y elevando una mano hacia el cielo en busca del amén de Oshún gritó bien alto al son de aquella música que al fin la despojaba de sus miserias, de Cuba y de la leche que como a una mortal le caía en la boca, arrastrando al vacío al hijo de perra de la bella España llamado Juan Luis. Según él. Y no según ella. Porque por primera vez lo conocía.

Y tomando el cuidado de no herirse nunca más en toda su jodida vida, se largó con el español. Logró contener los gemidos de un llanto de despedida, pero sus labios se le erizaron, su lengua también…

Se fue así de dardos agudísimos que ya le dolían demasiado. Se largó de dos seres que ya no tenían cuerpo, ya no tenían sentimientos, ya no tenían puntería para colgarle otro alfiler en la nalga. Algo había muerto. Su novio se quedaba en Cuba. La puntería esta vez no la alcanzaría. La putería sí la alcanzaría siempre.

Y ahora tiene tantas cosas a la que aferrarse, que simplemente no se quiere aferrar. Se ha ido perdiendo como si estuviera convertida en una roca puntiaguda. Una roca al borde del olvido de todo.

Juan Luis sí parece un goloso embrión, un nuevo pollito que ha descubierto la luz del día penetrándola sin conciencia y sin parar. Cubana puta que se consiguió junto con el aire del Malecón como otra pieza decorativa a comprar.

Tutee encerrada como está entre esas cuatro paredes, infringe en una nueva ley. En un nuevo invento. Se hace la esposa. Accede y estira una mano cada mañana hacia Juan Luis, se reconstruye. Pero donde quisiera estar es al borde de un precipicio para pegar el salto. Saltar. Volar. Matar. Pero tiempla. O se deja templar.

No olvida cuando quiere ser como un felino. No lo olvida, y se exige mucho más de su condición humana. Cubana puta que fue comprada *maleconeando,* ahora se desenreda el olor a miel de sus cabellos para un goce. Necesita un olor para que no se le muera el recuerdo de quien le disparó, sin cobardía, el alfiler para aquella nalga. La suya.

La novia Tutee, envuelta en tules blancos, espera en la alcoba blanca. Una virginal para el marido español, todavía con olor a miel. Nunca nadie osó profanar su cuerpo, lo jura. Y espanta las abejas de la Oshún de Cuba, vestida como el blanco de su alcoba. Todo reluce. A Juan Luis le gusta verla florecer dentro de esa pureza.

Y le ha llegado el momento que siempre soñó entre encajes, alcoba y pureza, bien tomados de la mano para besarse como si fueran un panal dulce. El señor es el príncipe azul que no la despierta porque le gusta verla así, toda vestidita de blanco y con una hipodérmica en la mano. Necesita ese cuerpo de cubana puta para despegarle los ojos del rostro. No por gusto es que la pagó tan cara.

Su hermana está ciega.

II

Juan Luis cae en la cuenta que estoy a solas y se endereza buscándome con la mano extendida. Tutee está boquiabierta, su boca se le ha quedado roja como si se la hubiesen pintado. Sus ojos están más allá que cualquier lugar de la habitación. Tiene un repugnante sonido dentro de su cabeza, que no se le quita. Es el tiro de la hipodérmica que ya no la deja ver. Descansar.

Los ojos de Juan Luis tienen una apariencia de lágrimas, pero solo son de desconsuelo. Echa un vistazo, desde donde está, para el pelo negro y rizado de Tutee. Se lo huele y le desliza la lengua sobre él.

Tutee hace un gesto de mover las manos para atraparlo, pero no puede. Está inmóvil. Casi muerta. Ya no lo ve.

Juan Luis siente lo que otras veces: *Maldito seas, cabrón... Maldito seas, perro español.* Y le golpea con fuerza la almohada, pero ya ella no teme a nada. Y le enseña cierta sonrisa burlesca en el rostro. Tutee tiene que pararlo de alguna manera, entonces cierra el vacío de sus párpados. Ya no hay ni la menor sonrisa en su rostro.

Con una mirada de exagerado desprecio, Juan Luis se clava las uñas en la palma de la mano. La boca se le mueve de una manera extraña. Las manos le tocan las caderas hasta que entran a la hendidura de sus nalgas. Está un rato ahí como si estuviera taciturno en el lugar, como si volviera a tenerla en el muro del Malecón, después se agarra los testículos como si fueran un manojo de frutas salvajes y los apoya en el colchón con cierto aire auto consolante.

Tutee sigue con los párpados cerrados y una mano inerte en el borde del colchón. Siente que tiene el pene de Juan Luis dentro de la mano y que se va irguiendo como otras veces y lo nota hinchándose, oscuro, loco... duro.

Juan Luis vuelve a agarrarse los testículos para acariciárselos con la boca abierta y sus ojos casi cerrados. Después se echa hacia atrás para que Tutee lo sienta. Y se mece lentamente como un chico en un balancín.

III

Lo siento como si tuviera una peligrosa parálisis, y permanezco inmóvil con las manos apoyadas en mis caderas. Esto lo enfurece y lo grita a todo pulmón... Ves, siempre lo mismo. Tutee, tú nunca quieres templar.

Sus pequeños gemidos, me excitan, me calientan, pero a pesar de sentirme así, trato de mantenerme lo más alejada posible de él para, oculta como estoy, verlo como se pega a mi cuñada con los genitales en las manos. Ahora las yemas de sus dedos buscan el consuelo nuevamente entre las piernas casi frágiles de su hermana. Ella no abre los ojos porque no los necesita. Nunca, desde que nació, los ha necesitado.

Juan Luis con la boca casi inexpresiva me mira, sabe que lo veo. No le importa y sigue masajeando con sus manos temblorosas todo el pubis de su hermana, que con voz dulce y palabras sexuales me calentaba todo el cuerpo desde que había llegado su cubana a su vida.

Hasta que una noche Juan Luis entró sin aviso alguno a la habitación, y se tumbó entre las dos para vaciarse con un ritmo salvaje como si jugara a los policías y bandidos. Sin darle importancia que su hermana era la otra.

Esa cólera me obligó a recordar que soy más cubana que nunca, y me dio por escribir en todos los muros y en todas las paredes que encontraba. Como una experta y no una puta comprada en el Malecón, escribí sobre la confianza, la paciencia, la sutileza... la venganza.

Mi reputación voló como una ráfaga dentro de todos los coterráneos que vivían en España. Todo lo sabían, aunque por muchos consejos que me enviaron, nunca pude comprarme la pistola para matarlo. Cuando el psicólogo me escribió en mi texto psicológico-evaluativo que yo padecía de la mal llamada tempestad del subestimado, supe que ese desgraciado psicólogo se buscaba un lenguaje sofisticado para decirles sin más acá ni más allá: *Cuidado, ésta desgraciada puede jodernos a todos.*

Esto provocó que en algunos hubiera acusaciones de charlatanismo, y en otros de odio. Los demás siguieron con sus prejuicios. Pero nadie se compró la tan codiciada pistola. Yo tampoco en ese momento.

Lejos de haber sido significativo todo aquello, Tutee tuvo la sorpresa de encontrar a una amiga cubana (unos pocos meses después) y organizaron un viaje a escondidas.

Y después de tomarse, junto a Juan Luis, una sopa de guisantes como despedida. Y sin hablar jamás del precio de ningún viaje, ni ver enfermeras ni doctores, perdió por completo el conocimiento.

Despertándose en un bar cubano con una pistola en la mano donde se oía con tremendo alboroto que en la esquina había un extranjero muerto.

V

FOTOGRAFÍA DE
MI ABRIGO A RAYAS

V

FOTOGRAFÍA DE MI ABRIGO A RAYAS

LA PUTA DE SUS MIL AMORES

Dejó de vivir su historia cuando conoció mi historia. Tenía más o menos veinte años y ahí estaba su puta. Parada, dispuesta, encendida como una vela puesta al revés. La puta de sus mil amores.

Mi historia que en un principio no tuvo nada que ver con su historia. Pero que de un momento a otro comenzó a mezclarse, aliarse, sumergirse con la de él. Nada fue forzado. Todo llegaba como un dictamen misterioso del Universo. Todo era una bomba de tiempo que venía cayendo, no para matar, sí para variar. Sacarlo a él de su historia. Sacarme a mí en su historia.

La puta era un remilgo. Un dios metido en la miseria. Diez clavos desclavados de la madera de Cristo no la limpiaban. La hacían. Así y todo fue él quien hizo a la puta. No yo. Tampoco Cristo.

La moldeó. Le enseñó la palabra gracias. Y le explicó que la Magdalena de Dios no tiene nada que ver con la muerte de nuestros ocho estudiantes de medicina. Y la puta lo aprendió. Pero lo aprendió de carretilla. A empujones porque *quien nace para violín desde el monte suena.*

Él en su arrebato de gusto y amor, no se dio cuenta de tanta falta de paralelismo. Y la metió en su corazón, pero no a empujones ni a carretilla. La metió como quien cuela el olor del mar en un cofre. Después lo olvidó todo. Y su historia se le hizo nido. La puta le parió. Pero le parió una historia distinta a la de ella, a la de él, a la mía. Le parió una margarita, suave, flácida... casi etérea. Casi, casi perfecta.

Entonces, él le habló de su historia a su margarita. Al lado de la cuna le contó que hay violines que aunque son de madera no suenan en el monte. Le habló que el ungüento de la Magdalena es un éter que no todos pueden. Y no pudo hablarle más. Dos gotas saladas le mojaron los labios. No tenía escapatoria. Ya estaba amarrado. Y amó.

CONDECORACIÓN

Para jugar con mis emociones me convierto en María Salas, y vengo, por esta vez, a matar. A matarlo a él.

Tengo en mis manos la autoridad necesaria para liquidarlo como a un animal peligroso. El destino me lo ha proporcionado. Soy una asesina.

Como si estuviera representando algún misterio de leyes divinas me le fui acercando, haciéndome pasar por la persona más cuerda y sensata del mundo. Y así de cerca, me pareció un honorable animal perdido. Nadie se fiaba de él, pero él tampoco se fiaba de nadie.

La formalidad de mis palabras lo ponía en guardia dejándole ver un atractivo muy singular para mi momento de matarlo. No levantó las manos, ni la lengua se le enredó. Tampoco consideró que conversando se salvaría. Todo estaba escrito en su destino. Ya la verdadera María Salas se lo había pronosticado con una triada en la mano, una mañana de silencio que parecía de muerte natural para todos en el planeta.

En el borde de su cama, y con un ligero toque irónico, colocó dos pesos con veinte centavos. Después, como una dama aburrida del mundo, me dio la espalda. Para ayudar a poner fin al conflicto le pidió a Dios, en un tono corrosivo y grosero, que lo enseñara a rezar. No dijo más. Así de fácil me lo propuso.

Pero yo no podía matarlo decorándole la actitud como a un rey pasivo. Yo quería matarlo con sus relaciones personales neuróticas, con sus chismes de alcoba, con su odio a la paz, a la humanidad… Yo era la que quería condecorarlo. Se lo merecía. Ya Dios esperaba demasiado.

Se había humillado ante la presencia de Dios con otro de sus trucos y marañas, rezos inventados. Volvía así a esconder, ahora más que nunca, una secuencia de crímenes, persecuciones… caos. En él quedaría no violencias y muertes, sino un profundo caudal de susto que no esperaría. Un juego sucio que le provocó el destino directamente de su propia mano. Y con su propia mano en María Salas.

Naturalmente que ahora yo seguiré siendo la misma María Salas en una atmósfera tranquila donde se encuentra un gran charlatán, sucio de mente, envuelto en vapores de ginebra y acostado de espaldas a mi mundo.

Entonces, me tomé de María Salas el placer y la seguridad de hacer ocurrir cosas que a nadie se le ocurriría. Hice una niñera de rostro bello y cabellos lacios. Naturalmente, la niñera era una mujer que al momento de llegar ya embelleció la habitación y la cama donde él me daba la espalda.

La niñera, más que una pecadora, era un placer. Su primer descubrimiento fueron los dos pesos con veinte centavos. Se los echó al bolsillo como quien se echa la primera miseria que se convertiría en millones en corto tiempo.

Una vez alcanzado los grados superiores con un caparazón que fue su escudo permanente, la bella niñera lo obligó a colocar continuamente, cada dos horas y veinte minutos, cinco billetes dentro de su bolsillo. Solo yo, que hago de María Salas, sé cómo lo consiguió.

La niñera ya venía preparada para adquirir una fiel creencia en las reglas sensatas, los preceptos y la disciplina que él inventaba a diario. Después, aprendió con su concha externa que no soltaba ni un segundo, a ser seria, formal y ética. Sobre todas las cosas, muy ética.

Inconsciente de todas las falsas lecciones que traía consigo la niñera, admitió que a partir de ahora todas las noches de su vida fueran alegres. Dormiría con la boca humedecida por los pezones de aquella bella niñera que el destino le había regalado como magia. Y completamente feliz y con un testimonio de puritanismo parecido al de los delfines, dejó de estar de espaldas en la cama. Y la besó.

Después, se acostó boca arriba y dejó de pensar que los animales eran más fáciles de amar que los seres humanos. Se dispuso así a tratar sus emociones, no como lo hacía en ejercicios con sus soldados. Ahora ya se daba cuenta que él era la medida exacta de un hombre lleno de ansiedades, deseos… vehemencia. Amor.

Entonces, la niñera, por primera vez desde que llegó, me guiñó su ojito. Después vi la vida perfecta, feliz y hasta saludable en el poder de mi bala disparada.

EL JUEGO DEL SIGLO XXI

Tú eres la luz de mi fortuna.
Mi agua de pozo en el brocal.
Polito Ibáñez

Cuando esta historia termine ya, Mabella tendrá en el estómago un centenar de pastillas mezcladas con pólvora. Porque Mabella ha necesitado con la más pura urgencia, hacerse de metal, de aire, de mierda… de pólvora.

De una pólvora que nadie conozca para que así tampoco nadie la conozca a ella. Ella que se ha ido de la vida por pura falsedad y no por pura putería. Simplemente, ha sido por lo que Kaylo le soltara sin siquiera pensarlo, *que necesitaba de una gran fogosidad* para no hastiarse. Para que no lo jodiera más con sus quejosas y baratas palabrerías que él no las entendería jamás. No las entendería porque él es la única persona que le pidió que lo hiciera. Que se suicidara con esa paciencia que tienen los que leen a Darwin buscando el porqué del porqué de la vida, y que ni remotamente encuentran esa respuesta, así sea con Darwin o sin él. Como tampoco la ha encontrado el mismo Kaylo cuando vio a Mabella echa una esponja de mar en un lecho que no era el de ellos, sino el de una mujer que él había detestado desde su infancia. Una perra parlanchina que lo metió donde no se debía meter a la edad de catorce años. La marihuana… El vicio. Después, el odio, la venganza, la puta vida.

Y ahora mírala allí, Kaylo, mírala con su cabellera casi rota de tanto rubio, porque ese era su gran y cabrón gusto. Ser la puta rubia de su cada hora. La rubia que se le colaba en el carro, en la maleta, en el cuarto donde no dormía la niña de sus sueños. Se le colaba como una perra hambrienta de palabras, de modas, de palabrotas sucias que se le escapaban como si ellos fueran en una furgoneta de alta velocidad, para después reírse con mucha injuria de su piquito morocho, morocho… de sus dientes calientes, de sus manos temblando cuando le llegaban a donde no debían llegar, porque Mabella tenía un dueño. Un dueño con nombre y apellido, su padre.

Padre de gobierno, padre de casa, padre de su cuerpo… Nunca padre de su alma. Padre que jamás vio los colores del arcoíris con su hija, padre que jamás olió las regularidades o irregularidades del mes de su hija, pero que sí se las almorzó. Padre que nunca le dijo que su madrecita no se había muerto por enfermedad, sino por suicidio, candela, candela… mucha candela. Mucho fuego.

Y Victoria te mira, Kaylo, como diciéndote que su nombre no se lo pusieron por gusto, sino que Mabella está ahí tirada, muerta, sucia, porque ella es verdaderamente la dueña de la victoria. Ya te lo había dicho cientos de veces desde tus catorce años, con su pipa de yerba entre sus dientes amarillos. No fueron tus palabrerías de*: suicídate Mabella para que me des un virtuosismo, suicídate para que me des vida… Suicídate para hacerme vivo como un hombre saludable de alegría.*

Y lo oyó tan cuerdamente y tan claramente, que Mabella se consiguió a Victoria para jugarte el juego del siglo, Kaylo. Se la consiguió para que ahora te halles de pie frente a una muerte de mujer lloriqueando por el poco tiempo que llevas royendo tus propias palabras. A tus comprados frutos envenenados de todas las semanas, como el juego de las patatas con sustancias contaminantes para que vomitara como una dramática sus preocupados y fumigados pensamientos verduleros. Sus pensamientos de amante de pocas atenciones, de pocos honores.

Y no puedes evitar ver por todos los lados la destrucción que has hecho de su vida, de tu vida, de gentes que nunca te pertenecieron, de comestibles que en tu vida has comido, y se te mete el frío por debajo de la piel cuando le miras su falda acampanada dispuesta a subirse para hacer fuegos domésticos. Hacer fuego de la leña que tirabas para encender los carbones del mes detrás de la loma, donde muchas de las mujeres del pueblo se sueltan las cabelleras en un río que ya no es famoso por sus aguas, sino por sus bendiciones de cabeza con un calabacín.

Y Mabella olvida la conservación de su pelo rubio, las vitaminas de la piel, los nuevos conocimientos de las uvas fumigadas regularmente, y hasta olvida el encuentro que siempre tiene en el camino con el hombre viejo que le presta su tránsito para cuidarla de descomposiciones y putrefacciones de animales muertos que se esparcen por toda la loma. La loma de las angustias como la llaman todos. Y apila la leña muy pegada junto a tu piel con tanta tormenta, con tanta ráfaga dentro, que eludes el color gris que ya trae una tormenta en el cielo. Y vuelves al manicomio de sus muslos estrechos como un loco, pero que siempre estarán ahí como aprendices feministas que no se te cansan nunca, y se los separas como si estuvieras dormido en una superficie terrestre que no conoces, y no en tu loma de angustia que te ha visto nacer bajo un abrazo fraternal de marihuana, hembra y fuego… Para hacer como cualquiera de las trastadas de John Lennon cuando monografiaba su equipaje con un nombre bien falso, para así perderse, irse de frutos, de peatones, de lomas. De prestancias… de su propia música.

Como se ha ido Mabella en un luminoso día de primavera para distinguirte más de virtuosismo, porque tú se lo pediste. Se lo dijiste por lo claro y por lo sano, soltando tus risitas ahogadas y estrechamente abrazados, cabeza con cabeza, como dos animalitos contándose historias infantiles en un lenguaje de animales salvajes. Única forma que encontrabas de esmerarte más en tu boga. En tu ejemplo de ternura.

Y tú que no habías sido conmovido ni tocado por magia alguna, se te rompe algo que tienes dentro. Una explicación insatisfactoria, un desorden de tus órganos, un último resquicio para soltar suciedades, ácidos, golpes… La pornografía barata que vacilabas ansiosamente para cuando te zarandeara contando un orgasmo tras otro, y que tus raíces se te fueran y olvidaras el vientre que te parió, el humo que te fumaste, el agotamiento del diálogo, las malas pretensiones de la estética en el cine porno, tus pies sucios. A Victoria.

Pero Victoria está ahí con sus vistazos de mala suerte penetrándote dentro, muy dentro. Sobrepasando gustosamente el límite de tu género humano en el olor, el deseo, el aniquilamiento, la destrucción. Te penetra en tu verdadera película para reírse hasta de tus últimos detalles con otra pipa de marihuana mordida dentro de sus dientes amarillos, a modo de un valioso producto teatral en su función, sin que le pagues ni un solo chelín por tu miseria. Ella ya no lo necesita. Ella ya lo sabe todo. Su nombre (te lo dijo hace muchos años) te regala el resultado que tanto ha esperado. Victoria.

POR SI LLUEVE

A Niurka, tan limitada a
solo simpatizar con sus nervios

Norah llegó a mi vida a las dos y veinte de la madrugada. No traía nada en las manos. En su alma solo llanto. Un llanto parecido a la heroína que quiere lograr un pedestal propio. Seguro.

Nunca he vuelto a ser feliz, me dijo después de descubrir en sus ojos amor y odio. Sufrimiento y felicidad.

Traía, esta vez, una personalidad muy distinta. Pero mi impaciencia e indignación no me permitieron estudiarla con mucha profundidad. Sí con saña.

Norah vivía en un estado de excitación continuo. Sus sentimientos fuertes y profundos fueron los que la capacitaron para llenarse de valor e irrumpir en mi patio en una noche lluviosa. Recitaba en un estilo muy refinado –que yo no conocía– textos de maestros que ilustraron la historia literaria. Parecía una mujer segura de sí misma. Parecía.

Esta combinación rara, que tampoco yo le conocía, fue lo que me hizo abrirle la puerta. Pero la fuerza de mi ego, después de tantos años, me obligó a desconfiar despiadadamente de su todo.

Norah con la extrañeza de mezclar la benevolencia con cierto egoísmo infantil, le daba un aspecto mucho más juvenil a su cuerpo que cuando la conocí. Solo su porte femenino y romántico no cambió. Maduró. Eso sí.

No necesité prestar oídos a lo que me decía. Lo teórico y lo práctico ya estaban más que dilatado en mi vida. Mis relaciones personales también habían cambiado en todos estos años. A muchas personas esto les ha sucedido, dejan de ser igualitarios. Y en cuanto tienen una oportunidad, dan un puntapié y rompen con todo con tremenda ventaja.

Su rostro era el mismo. Guardaba más que un recuerdo en él y los gozaba poseedora de un inmenso regocijo.

Seguía desnudo como un dios griego. Eso me resultaba pesado. Porque todavía me sentía atraído por ese dios que creaba un trote de caballos muy fuerte dentro de mi pecho.

Como si la hubieran criado para poseer mis respuestas, me fue llevando sin impaciencia, pero con cierto entusiasmo, hasta sus sentimientos más delicados. Todavía le dolía nuestro amor. Todavía se sentía ultrajada por los fuertes convencionalismos de su vida familiar.

Estaba atiborrada y se notaba que había llegado a descargarme su verdad. Solo así se sentía que se rebelaría para toda una vida. Que su existencia ya no sería tan loca. Tan enmascarada.

Pero quien ha tenido una revelación tras otra durante tantos años, ya no presume de fanatismo alguno. Y como un gran catador, y saboreando con mucho decoro mi experiencia catadora, me percaté que su sensibilidad estaba estimulada solamente por vanidad.

Sin ser prosaico y sin artificio alguno, esperé que bajara María Salas para conversar. Para hablarle ante esos mismos ojos que ahora se abrían y cerraban muy nerviosamente delante de los mismos objetos que ella cambió de lugar en un tiempo, puliéndolos con orgullo. Con ese mismo orgullo que ahora escondía entre lágrimas con una sagacidad mundana que me asustaba.

A las cuatro y cincuenta y cinco de la madrugada el aliento de mi vida comenzó a cambiar. María Salas bajó como una centella. Venía brava y rompió dos búcaros. Cambió el color de las paredes. Anduvo todo el cuarto con sus armas de caza sin tener —como siempre— licencia de caza alguna. Con una inteligencia demasiado sobresaliente se detuvo en el rostro de Norah. Enseguida se percató que Norah tenía una crisis de pérdida e inseguridad.

Después, con su buen espíritu encendido y a todo dar, contempló el gran patio, la puerta principal y la explanada del cantero. Y una jungla de espíritus desconocidos con escollos y peligros los fue bajando desde su más allá.

Así fue como María Salas olfateó la ley de la selva. Y combinó todo eso con lo trágico que traían los malos espíritus que había bajado.

Norah perdía así la voluntad de ser. En su ser. María Salas no perdonaba. Yo tampoco.

LA MEJILLA EQUIVOCADA

La verdad se mimetizaba como un espejismo
en aquella arena oscura a la que el mar batía
y desplazaba insistentemente.
Francisco Proaño Arandi

La flor está a mi lado. Los otros objetos están dispersados por el cuarto. Nos llamamos por teléfono dieciocho veces al día y aún no sabemos el porqué. La flor es la única que lo sabe. Me mira. Me encanta. Y me acompaña. Una prestigiosa compañía como ella, no he tenido jamás. Quizá por eso la ubico en escena para darle más coherencia a la vida. A mi vida. A nuestras vidas.

Después de tantos años, encuentro una segunda versión que no es similar a la primera. Aquella primera vez todo fue una indisciplina, pero ahora todo es como si fuera una biografía. Llena de esta misma vida cotidiana pero con planes, esperanzas... Raptos que me suben a su segundo piso y me consumen como a un gasto de fondo de regalos.

Desde la primera línea hasta la última es un algo que no conocía. He sufrido penas de desmayos, de llantos, de tristeza en diferentes historias. Pero ahora, en esta época, existe un comienzo de cierta pasión irreconocible para mí. Se me ocurre que la vida real no existe, que de ella solo me quedan hilachas que han sido canjeadas por un ruido inolvidable. Estoy enamorada a media luz como si siguiera unas instrucciones que alguien, que no conozco, me dicta desde un más allá que siento maravilloso.

De todas las mejillas equivocadas que he besado, solo me quedan enormes murales de flores y poemas que fueron alguna que otra vez, amoríos que usaban chaquetas de gamuza y corbatas de seda, que eran más prudente usar en aquella época para no contagiarse con verdaderos amores reales o existentes. Asumo el convenio de esta forma para abordarlo con la mayor de la timidez, pues no me gustaría caer en conjeturas de que mis opiniones se sigan garrapateando sobre horóscopos que hablan de mover la casa al noroeste, juntar la punta de los pies en el sudeste, descansar con la nariz oliendo hacia el oeste…

Por años no me atreví a decir, estoy enamorada, lo creía una de las peores falsedades del mundo. Con cierto sentido del humor, las que fueron mis mejillas equivocadas leían desde el amanecer hasta el anochecer todos los poemas baratos que me dio por escribir cuando mi madre se le ocurrió decir que a los siete años ya yo tenía mi primer premio literario. Y salió a relucir delante de todo el mundo el fenómeno de un enorme diploma que dejó a todas aquellas mejillas equivocadas mirándome con un tono muy grave. Traicionera que fue mi madre en todos esos instantes, que infelizmente, o mejor dicho, felizmente me exhibía tan risueña, que yo parecía uno de sus mejores peces de la pecera. Mi madre me culpaba de sus felices corazonadas delante de aquellas mejillas equivocadas, que se encapricharon aún más en mí al ver, sentir y oler todas estas diplomadas.

Era para todas las mejillas equivocadas, diciéndolo de alguna manera, una eminencia. Entonces, la ilusión creció y creció y me vi obligada a desaparecer. Dejar mis facturas domésticas escondidas debajo de la cama, pues era horriblemente extravagante, y moverme rápido, pero muy rápido, a otros lugares, obligándome de cierta manera a aparecer entonces como la peor enemiga de las mejillas equivocadas.

Así fue como empezó y terminó, casi, mi carrera literaria. Con crónicas de cultura, arte y viajes me inicié como un gallo de pelea, primero en persona y segundo de frente. Después, a través de ciertas noveluchas que no se vendían en casi ningún lugar. Me parecía yo a cierto personaje ampuloso que todos conocemos en el triste mundillo de los escritores. Que se hace el de una dimensión legendaria y requiere de perros de caza, mujeres de amoríos baratos y experimentos socialistas para hacer un libro detrás de otro, que de risa mueren en todas las librerías.

Agarré imaginariamente un fusil como una sombrilla que me iba a encubrir toda una vida, y dejé a las mejillas equivocadas leyéndome. Algunas con odios exacerbados, otras con absurdas palabras que no conocían… Otras con lo que todo el mundo llama envidia.

Y asisto a reuniones donde quien único habla es una pequeña marioneta que tienen solamente para amigos y opositores, que siempre se presentan en todos estos casos. También recibo regalos de obras de arte que vienen de países terriblemente lejanos y adonde no nos permiten ir porque hay un tal tío Ramón que dijo que eso puede ser un arma de fuego contra cualquier intelectual, que con fines de filmar una película vaquera se quede por esos lares y no regrese nunca jamás.

Así me lo han contado las secretarias del consulado donde voy por mi origen principesco, que heredé de mi formidable abuelo español. Nada más y nada menos que a plantar una firma mensual sobre una planilla del terrorista asesinado de mi abuelo por el propio clan de sus amigos, que no les dio la reverendísima gana que siguiera escribiendo heces de gobierno, según ellos. Pero que a mí me enorgullece, pues dice mi madre que soy idéntica a ese vejete español, que tenía que recibir todos los meses un galón de salsa de soya con cebollas en vinagre para comer. Y que lo hacía siempre, siempre, con un letrero colgado al cuello que no diré lo que decía porque si lo hago no recibiré más nunca el galón de cebollitas picadas, y se me hará muy aburrido el tener que ir constantemente al consulado. Aunque esos fines de semana cuando voy hayan estupendas mejillas equivocadas que me relajan, dándome la oportunidad de calzarme los zapatos verdes que tienen los cascabeles que me regaló Cary, para que en los almuerzos la recordara como otra mejilla equivocada. Cantándome la puta cancioncita de *quién le pone el cascabel al gato*.

Y es que yo felizmente acabo de crecer muy protegida, entre paredes de una casa que siempre se ha llevado el premio de una esquela perfumada. De ahí que solo les hable de mi abuelo español con un color marfil que a cualquiera arrebataría, pero que no es más que el mismísimo esmalte que le echaron a la flor que me acompaña para ese asunto de la integridad con las mejillas equivocadas, las cebollitas, la soya… Ah, y muy importante, la firma del consulado.

EL TÍO PACO

> Una tal señora doctora ha
> establecido hace ya mucho tiempo
> una relación de tú a tú con el dolor.
> Elfriede Jelinek

El tío Paco ha muerto. De esta fácil manera se bajó de su propia historia para apalear a la vida con un golpe no siniestro, pero sí de espanto. De dolor. Después de tanto tiempo estar andando sobre esta tierra, notó algo raro que le decía y le decía en el oído que ya se le estaba acabando el dulzor erótico que siempre tuvo desde junio de nacimiento.

Y ahora se ruborizaba semidormido como un pez, cuando se sentía salido de sus aguas y le sonreía con gracia al cuchillo que le arrancaría sus escamas. Pero no sonreía para que los que allí estábamos también sonrieran, eso sería una estrategia muy exclusiva en él. Pero no. No tuvo esa opción de las tantas que pudo escoger. Sonreía de gloria. Sonreía para decirle a alguien, quizá a un alguien muy cercano, que ahora era él quien estaba gozando. Ahí sí asumía su mayor lujo. Y lo disfrutaba a plenitud.

Y ya dentro de su mal llamado último capullo se fue. Así sin flor, sin luz, como obligado quizá a parirse nuevamente en la tierra, muerto, pero no de miedo. Parido en luz, parido en flor, pero ahora muerto por acosos y no por años. Muerto bajo la obligada manera de hacerse el hombre y no un hombre.

Muriendo bajo la pena de ese alguien, que siempre quiso matarlo, pero que no lo mató en la vida. No tuvo ese valor. Pero sí tuvo injusticia. Una injusticia tan falsa como ella. Inarmónica como ella. Desabrida como ella.

Y ahora terminó el desagravio. El tío Paco ya hizo el viaje al mundo de las verdades. Siempre quiso hacerlo. Irse a ese lugar donde solo bailan las cigüeñas sin que nadie medie en ese baile. Sin que nadie cuente la cuenta del mes o los hombres del mes. Sin que nadie diga en qué lugar de Dios escondió la corbata de papá. Qué vergüenza tan mala soportó ese día. Qué vergüenza tan fea. Pero la soportó, y muy bajamente se cagó en su madre. Se la cagó con silencio y con una ira desde tan adentro que creía que explotaba. No por la madre. Esa fue su única santa, pues el tío Paco nunca creyó ni en Dios ni en los vampiros. Creyó en lo más bello que él vio sobre la tierra, uno de los tantos días que caminaba sobre el mármol del Prado habanero… Creyó en el hombre. Entonces fue cuando único rezó.

Pero no rezó para que sus zapatos de marca registrada siguieran sobre aquellas lozas pulidas, dándose el lujo de haberlos pagado al contado. El tío Paco no sabía rezar. Fue una jerigonza disparada al vacío lo que expulsó, como apiadándose a un Dios que escuchó durante nueve meses desde adentro. Desde tan adentro que era el vientre donde su madre lo gestaba. Y así como fue sacado después de sus nueve meses en un junio caliente y erótico, también fue sacado su grito, su rezo, su disparo… su jerigonza.

Qué pena sintió de que lo oyeran. Qué pena sintió en esa su primera vez. Era su inicio en el retozo corporal. Y el hombre lo miró para no dejarlo languidecer, para entenderle aquella jerigonza, pero a una vivacidad muy exagerada. Entonces, el tío Paco se dio cuenta que no se iba a morir en esa primera vez porque ya no era una propiedad ajena.

A GABRIEL NO LO MATÓ LA LUNA

> Al pueblo de Rancho Veloz,
> por donde no pasó la guerra,
> pero sí el olvido…

En la Ciudad de los Ranchos todo aquel que quería, llegaba y plantaba su choza en el terreno que le diera la gana. Fue entonces que, como siempre, se formó un jefe. Y fue también entonces que se formaron los chismes y todas las conjeturas que vienen en gana.

¡Vaya pal mismísimo carajo esta Ciudad de los Ranchos!

Quien hizo el pueblo lo llamaban Veloz, el cual tuvo que salir huyendo debido a una infidelidad muy engorrosa que cometió. Nada… que solamente metió la pata. Pero antes de meterla y de salir disparado, maldijo al pueblo no sabe cuántos cientos de veces para que le cayeran aguaceros y rayos enormes, constantemente. Y no se equivocó en su puta maldición. *¡Cojones, cómo llueve…!*

Este es un lugar remoto, que ni con la pluma o la lengua más fructífera que pueda tener cualquier narrador lograría dar a conocer los modernos transportes camellos, las escaleras eléctricas, las puertas por contacto… Pues solo se conoce como piscina, el río. Lugar donde se almacena el mayor espanto de clarividencia. Y como puerta ninguna. Y como escaleras la que tienen las gallinas en sus gallineros.

Y si todavía no existe lengua de narrador. Entonces existe lengua para hablar, lengua para chivatear, lengua para chismosear, lengua para mentir… Pero también hay lengua para rezar. Según a quién y a qué se le reza.

Todos los que acudieron a la cita espeluznante de ver pasar cientos y cientos de chozas encima de unos transportes casi quiméricos, nos dimos el lujo de presenciar nada más y nada menos que el fraguar de un lote de viviendas cobijadas por yaguas, palmas y alucinaciones soñadoras. Que solo buscaban el fluir del acontecimiento del siglo: la luz eléctrica. Conectar el aparato de hielo, que semejaba nada más que a la historia de Aureliano Buendía, que recordaba frente al pelotón de fusilamiento el estigma frío del hielo. Como lo recordamos nosotros cuando vimos a Tristeza llorar con su trozo de hielo quemándole la boca.

Pobrecita, pobrecita Tristeza... o pobrecito el nombre que le impusieron... No que le pusieron.

Y no todo se explicó con este hecho de conocer así las experiencias de un nuevo siglo. Sino que también nos trajo conocer nuevas leyes impuestas por ellos mismos. Los moradores pintaron de color blanco todas las chozas, y se hizo como estandarte, el color carmelita en las ventanas. Hecho éste pasmoso, pues cuando te veías en la obligación de llevar un recado a cualquiera de los pobladores, que por ende ya querías conocer, te enloquecías porque todas las casas eran iguales y nadie sabía cómo indicarte el camino a buscar.

Esto no es más que una tierra con una historia detenida en el tiempo y en el espacio. No existe aquí movimiento porque aquí todas las cosas son repetibles. El hecho de los enrolladores de motores eléctricos lo demuestra. Con ellos vuelves al espacio donde comenzaste. Jamás saldrás complacido porque tienes la obligación de volver a ellos una y otra vez. Fue así como únicamente lograron levantar las únicas hermosas casas que parecen bloques de hielo por la cantidad de cristales con qué las construyeron.

Demostrando así, que también aquí hay grandes hombres. Unos más inteligentes que otros. O mejor sea el paso, unos más emprendedores que otros. Disimulando así el acto de que quien se las sabe todas, no se muere de hambre así de fácil.

Y no cabe duda la gran responsabilidad que ya han adquirido, que por cierto parecen muchas. Y que dicho sea de paso, casi todos son iletrados. Así y todo, sin letra o con letra, fabrican un preciado líquido que anima a los conciertos de fotutos que se dan en estas noches aldeanas. Son los llamados mercaderes del alcohol. Grandes y pequeños alambiques se encuentran detrás de cada choza con la apariencia de algo en desuso. Aquí la contravención de la ley seca ni remotamente existe, ni existirá. Se abolió la sequedad del alcoholismo. Viva, viva, que vivan los aldeanos… ¡Qué carajo!

Tampoco dejarán de existir, que hay varias mujeres y varios hombres que dicen ver el más allá. Y se construyen cuartos de tierra para repletarlos de palos, semillas, cabezas de carneros. Oraciones y santos que a veces, y en su mayoría, ni conocen. Allí reciben a los aldeanos para examinarlos y repasarlos en el idioma que les plazca. Evitando así que el mal de ojos, la envidia, o una enfermedad que traigan, no les permitan desaparecer de las nuevas tierras. Es por eso que cada cierto tiempo sale un escándalo a relucir como una insignia más de la aldea.

El brujero Marino decidió quitarle el mal de ojos a la mujer que ha llegado a su cuarto, con solamente un toque mágico sobre y dentro de sus pechos. Oración que comenzó con un manoseo del arbusto amansa guapo sobre sus pezones. Después, vino la respectiva miel de abeja sobre cada pecho, que de pronto comenzaron a erguirse con un hormigueo que no era común para la mujer, si no fuera con su marido Anastasio. Pero que ahora el brujero Marino también lo había logrado con su gran poder divino. Y rezándole un padre nuestro a Dios y a la usuaria, le fue expurgando el mal de ojos contraído. Como le fue expurgando los cinco pesos que eran más apropiados que la culpa que quita donde no debía quitarla.

Entonces, María sale contenta porque el brujero Marino ha logrado —como su marido Anastasio— limpiar de toda culpa a su cuerpo. Pero mediante sus santos habitáculos con los grandes poderes ocultos que posee, porque es un divino, un gran divino.

Pobrecita María, qué clase de comemierda es.

El lugar que ha perdido en la historia el genial Gabriel, al comentarles a sus colegas y lectores que su historia siempre fue ficticio. Ficticio sí es, que Gabriel lo diga. Cuando aquí sí está la verdadera historia de su libro: su aldea de Veloz.

Y que ésta historia sí está que arde más de lo que dicen… O de lo que escriben…

La omnipotencia también fue probada cuando la capitularon. Alfonso, el de los pies enmarañados, salió caminando un día de Viernes Santo de la choza de Don Hermenegildo, y eso que siempre le decían las batas blancas que sería un paralítico para toda la vida. Y aquí está ahora sanito como una manzana, depositándole a la patrona de los truenos sus ofrendas, porque el curandero Don Hermenegildo dijo que lo único que él tenía era un rayo partiendo sus movimientos.

Ahora Alfonso deambula por estos callejones cantando a todos el precedente más importante de sus cualidades varoniles, porque el pobre Alfonso nunca supo ni dónde quedaba el pubis de una mujer. Pero como ahora se ha vuelto tan importante con eso de andar derechito y sin muletas, las mujeres aldeanas y no aldeanas lo acosan, para con deleite demostrarles que no solo se para en pie, sino en cientos de orgasmos a la vez.

Quedándome con una idea (que la he más que madurado), me digo que el bello Gabriel no es más que un extraterrestre dominado por el equinoccio de nuestra aldea. Quizá por eso muy a menudo sueño que soy Gabriel y que mi libro se hace el mejor del siglo, así *mismitico* como lo logró él.

Pero una noche de menguante, cuando hubo un toque de tambor, me sorprendí muchísimo, pues me lo topé muy de frente. Estaba sentadito en su hamaca, en la cima más alta del pueblo, tocaba una cítara y dictaba a una doncella unas rimas carcamales, y con la misma cara de idiota que se lamía el dedo y se chupaba la tierra, no dejaba de absorber movimiento por movimiento del arcángel Gabriel. Que también se presentó con una mujer de mundo, alborotada y risueña, que solo hacía tocarle el glande como si fuera su oración preferida. Nunca supe distinguir si esto fue un sueño o una realidad.

Lo que sí nunca fue un sueño es que Jacinto y Rodrigo montaron un taller de joyas. Prendas con grandes lujos de perlas, metales y emblemas. No cesaban en su trabajar, pasaban horas y horas dentro de sus labores. Había días que ni comían, solo estudiaban la forma de concebir un nuevo modelo de joyas que impactara no solo a los aldeanos, sino al mundo completo. Si es que existía el mundo, porque ellos no lo conocían. De la aldea estaba prohibido salir.

Pero ocurrió que eso de las joyas dejó de ser historia muy pronto para pasar a Estela, la mujer de Rodrigo, que se cansó de tanto limpiar y cultivar sus jardines ella sola, de reventar sus sesos para buscar alimento. Y recogió toda la fortuna heredada de su abuela, y le colocó en la frente al joyero Rodrigo un par de astas más grande que la misma meditación de cualquier epopeya.

A Jacinto también le sucedió un caso similar. No estaba esposado, pero de tanto pensar y pensar le dio por hipar a cada segundo. Al cabo de los tres meses de tanto hipar, le dio por vomitar. Y caso resuelto: Jacinto tenía nada menos que cuatro meses de gestación. Nadie supo quién lo embarazó, pero se dijo por toda la aldea (como si fuera un hormiguero de azúcar) que había sido Rodrigo. Todos venían a visitarlo, y la madre, que aún vivía, lo recogió de su taller casi hipnótico y le mandó a construir un cuarto de guano debajo del mamoncillo del patio, para que pasara su fenómeno al olvido.

Al cabo de varias semanas de esto, a mí se me pegó una obsesión con lavarme los pies en colonia en plena madrugada, para eliminar así a los malos espíritus que mandaban en el pueblo más que sus propios cabecillas. Acurrucada debajo del silencio de las estrellas y todavía con los pies olorosos de colonia, una gata en celo me dio lucidez para ver a Úrsula. Qué digo Úrsula, a quien vi fue a Ernestina, la mujer que confeccionaba los pescaditos y chupetas de azúcar para los niños. Traía en sus manos una gran bandeja vendiendo espejuelos con lupas y catalejos. No me asusté y hasta nos conversamos. Había venido de un más allá porque había olvidado recoger sus cosas, y esa noche que había tantas estrellas, aprovechó para deslizarse en una de ellas y venir hasta mí porque conocía de mi debilidad por las mismas. No me contó nada inverosímil, solo que en el atropello que sufrió al morir dejó olvidada las mieles con que fabricaba los caramelitos y allá, donde le tocó vivir, no tenía con qué sustentarse. Además, sus espejuelos estaban rotos y no podía ver bien sin ellos. Y sin pensarlo, arreó sus mulas en la gran Osa Menor y se vino para acá a conseguirse un par de lentes de su medida. Y también con la certeza de recoger sus dientes que alguien se los había sacado de la boca a la hora incierta de su entierro.

Mire usted, enterrar a un vivo…

Y se fue yendo, dejando en su estela un olor a azúcares en mi palangana, que luego me costó muchísimo desprender.

La muy puta, conocía de mi debilidad por las mieles de Oshún…

Yo tengo ahora una tenaz persistencia, y es que Gabrielito no tuvo ningún ensueño, ni fiebre alguna se apoderó de él. Parto entonces de su misma escritura, porque sé que la concibió en esta aldea cuando llegó aquí una epidemia llamada la enfermedad del insomnio. Y él también fue un contagiado, y fue por esto que olvidó sus memorias.

Como también olvidó que una tarde llegaron unos músicos con vestidos de azafrán y trapos de miles de colores. La aldea se llenó de tanto color que Sigfredo agarró una tremenda borrachera, y se fue hasta su bohío dando unos tumbos horripilantes. Y en el revolcadero que armó, se encontró unas pastillas rosadas que guardaba su abuela y de un solo impulso se las tomó todas. En el ir y venir que tenían las gentes gastando sus dineros por ver a un león, comprando ligas de mascar y los niños alborozarse por la frialdad del hielo en sus labios, Sigfredo se despertó con alucinaciones más horripilantes que los tumbos de su borrachera, buscando a su mujer. Alguien le dijo que estaba con los saltimbanquis. Y con un arrebato de ira desconocido en él y más magnetizado que el imán que había conocido en la fundición del herrero Pedro, se colgó en su faja el cuchillo de matar iguanas, y salió como un demonio. No quedó nadie a esa hora que no fuera atropellado, golpeado o asesinado por Sigfredo. De él solo queda el recuerdo de su esposa, que vegeta como una flor de pascua en la densidad oscura del río de este pueblo. Y ahora y para siempre, Sigfredo vivirá con una hipnosis de sangre, encerrado dentro de una fingida serenidad que algunos llamamos pavor y cobardía, otros. Aunque cada cierto tiempo alguien recuerda la historia de Sigfredo que hoy, más lúgubre que un espectro, deambula por las calles, parece que en busca de un nuevo ser a quien asesinar.

Que Dios mande y ordene, y que siempre se le permita a Sigfredo alejarnos de sus locas quejas. Amén.

La posibilidad de que cierto comentario anda por ahí, sobre un alguien llamado Melquíades, está acechando en la oscuridad de la aldea. Dicen que ha sucedido por yo refutar de frente y enfrente, las ideas del señor de los años de soledad.

¿Debería nombrar a Melquíades para que se le apacigüe su santo? Eso es algo que muchos aldeanos me han preguntado. Y que Dios me perdone desde su mismísimo manto prieto. Santo, Santo, Santo…

Comenzaron a construirse pocetas. Y un batallón de hombres de otras tierras nos visitó para dar opiniones de cómo desviar las aguas podridas. Las mujeres que descubrieron al batallón, se contaban unas a otras la cantidad de hombres que habían llegado. Y Facunda no fue la última en enterarse. Sola y con diez varas de hambre carnal se lanzó por el faldeo de la loma donde vivía a cautivar a uno de esos hombres. Después de rondar para acá y para allá, decidió que así no sería su camino al altar y regresó sobre sus pasos con una mole de silencio en su corazón.

Fernando Lasage la vio ir al pueblo y la vio regresar, y como su corazón palpitaba cada vez que la veía, se escondió dentro de los arbustos que rodeaba la lejana loma. Un silencio de atrapada locura se encerró en su esperanza y ya cuando estaba agotado de esperar, la vio reaparecer envuelta en su túnica violeta. Y sin acatar las graves consecuencias, la derribó al suelo y en un acto de crudeza, Facunda perdió su virginidad entre gritos lastimeros y aullidos de perros de media noche.

Fue así y solo así, que Facunda conoció el tamaño del bálano que ponderaba Fernando, que rugiendo como un toro y con su ojo solitario y sin saber dónde estaba su única mirada, le demostraba a su doncella la fuerza descomunal de su glande, que con tremenda efusiva voluntad rompía los botones de su bragueta sin tener que tocarlos.

Pero Facunda quedó insatisfecha de esta manera, y se dirigió al jefe de la aldea para acusarlo de violación. Solo pensaba en sus nupcias con aquel demonio de hombre, y optó por forzarlo de esa manera. Fernando ya muy dispuesto a ese tipo de casorio, se mandó a soldar un metal sobre su miembro, y el día de la boda solo se oyó el grito lloroso de una mujer con aullidos de perra en celo. Porque esa noche y otras como esta, no encontró la forma de quitarle a Fernando Lasage semejante coraza.

Y así ruego a Dios que Gabriel no me siga mirando. Porque la única culpa que tengo contigo, Gabrielito, es la de sacarte del insomnio. Si me llegó este don tengo que usarlo ¿o no?

Macondo es realidad. Y no es de buenas a primera, carajo... ¿Qué coño de sacramento es éste?

Ofelia, la bellísima mujer que trastornaba a todos los hombres, también me da esta razón cuando se apareció en mi recinto con un ramillete de mariposas en el pecho. Nunca supo de su fuerza perturbadora, de su poder de hembra turbulenta. Y vino a contármelo todo para podérselo creer.

Cada noche era observada por un pelotón de aldeanos que la veían deambular desnuda como un maniquí de un lado para otro. Abría las piernas y se rociaba agua de colonia en sus muslos para evitar al pelotón. Pero nunca supo la provocación que causaba en el pueblo, y los comentarios que afloraban con respecto a su libertinaje oculto. Pero a los oídos de su amante llegó con rapidez la liviandad que ofrecía Ofelia cada noche, como un espectáculo público y de cirquería. Y Armando que había sufrido del mal de amores de la bella Ofelia, se quitó la vida con la escopeta de caza que tenía su padre.

Pronto se comprendió el porqué de la muerte de Armando. Lo lloraron varias noches y en un profundo resonar de disparos fue enterrado con una mariposa en la frente. Y sin flores.

No me sigas poniendo esa cara, Gabriel, de todas formas esto te iba a suceder. Alguien tenía que soltar este disparate.

Lo mío es acertado. Es la historia de cualquiera de estos aldeanos. Y a ti siempre te va a resultar mejor quedarte como manso cordero debajo de las faldas de Remedios la bella. Y a mí, a mí me quedará más acertado decir siempre como cualquier aldeano: ¡Jamás sí a los insomnios!

¡Ojalá me hubiera tocado a mí acertar todo esto debajo de las faldas de Remedios la bella!

Así también lo cuenta el amanerado Figí. Que dos mujeres de la aldea en pleno acto cívico de sus facultades, y equipadas de toda la maldad del mundo, se fueron a mordidas, palos, jalones de pelo, rasguños. Porque él les dijo por separado (por supuesto) a cada una, que la Teté, una loca de las tremendísimas locas, había visto a sus maridos colarse en la choza de la Teresita. Y ya cuando los aldeanos alcanzaron llegar hasta los gritos que se escuchaban, solo encontraron dos cabezas sueltas con plumas de sinsonte en la frente de una, y con cuernos de rinoceronte en la otra.

¡Así fue cómo se descubrió que entre los aldeanos había un travesti! ¡Al fin había llegado el modernismo a la aldea!

Pero Figí siguió como si nada y diciendo muchas más cosas por todas las esquinas. Que en todas las noches de mayo siempre andaba una mujer desnuda, con el cuello torcido y sin cabeza sobre las lomas de la aldea. Y que allí se posaba hasta que amaneciera como un humilde pajarito, para después disfrazada de hombre y arrastrando una gran cadena, entraba sigilosa al río donde fue enterrada sin bautizo alguno. Y que había otra mujer que también se ve en las oscuras noches de invierno con un par de tacones muy altos que resuena nombres y epítetos secretos en los cuatro caminos de la aldea.

Figi está que parte el alma con sus anuncios lumínicos… Aunque hay algunos que se atreven a partirle otra cosa al bello Figi.

Eso también ocurre de noche, pero no de mayo.

Gabriel, y ahora que ya me conoces mejor, y que al fin ando montada en los galeones del mar (porque ya los encontraron los aldeanos) escapándonos de esta puta y dura aldea para revolcar al mundo y encontrar tu tan anhelado pueblo de Miami, digo pueblo de Macondo, (perdona este parecido, es que como empieza con Eme), qué harías, dime bello Gabriel, qué harías si fuera a ti y solo a ti a quien le echaran la culpa de todo esto que decimos los aldeanos…

Eso tuyo y mío nunca le importó mucho a Facunda. Y una de las noches convencida de su apetito carnal, obligó a Fernando a embadurnarse su flagelo para conciliarla de sus dolores sexuales. Y después de saciada aquella morbosidad que tenía su mujer por procrear, le contó el hecho de su familia. La historia que uno de sus primos más lejanos, Agustín del Monte Lasage, compartió nupcias con una dama de la corte inglesa, y al dar a luz a su primogénito lo tuvieron que lanzar al mar en una gran ratonera de mimbre, porque en vez de articular palabras nació con pico de pájaro y se pasaba tardes enteras arrullando a los gorriones con sus cantos. Y que hoy, a esta dichosa altura de tiempo, todavía en las tierras inglesas se siente ese gorjeo.

No se sabe éste por qué, pero después que Fernando contó su secreto más íntimo, las casas de la aldea comenzaron a llenarse de libélulas que traían noticias de muertos, encuentros furtivos de algunos amantes. Y una mañana que hubo un sol que temblaba hasta en los tinajones de los patios y que ya ni cuentan se daban de las libélulas, Facunda parió, después de muchos meses de esfuerzo y agonía, un niñito debilucho y blanquecino, con un solo ojo derecho porque el izquierdo siempre buscaba el lindero del vecino. No se sabe por qué lo del lindero. Algunos dicen que es porque su boca de agraciada avestruz susurraba silbidos y cánticos de sinsonte para que el ave del vecino viniera a visitarlo. Nadie le dio mucha importancia a este hecho porque ya se había repetido tanto esta noticia, que los habitantes de la aldea lo tomaron como una vía espiritual más de la que se escapaban.

Pero nuevas noticias se cantaban en el poblado, que ya había crecido en chozas y casas con nuevos colores. Porque después de todo, aquí cada cual hizo lo que le vino en ganas cuando Eugenio, el gobernante mayor de la aldea, tuvo que abandonar su preponderante registro de comandante porque lo encontraron hablándole a una serpiente que la tenía encantada y escondida en el fondo de un baúl, llamándola constantemente con el rimbombante nombre de Figí.

Miren para eso, quién iba a decir que Eugenio era también travesti...

La última noticia que recorrió toda la aldea fue que iba a llover a cántaros. Tanto que los manantiales se desbordarían subiendo por encima de las casas, que los ríos pasarían con sus bullas espirituales por dentro de los baños públicos y burdeles ocultos. Que las lomas serían derribadas como sacos de bananos en el suelo. Que los animales nadarían dentro de sus propias leches porque nadie los podría ordeñar. Y todo, pero todo se hizo realidad una noche de septiembre en que todos andaban ocupados por venerar a la virgen del pueblo.

Llovió y llovió tanto que las culebras se convirtieron en guardias. Un pájaro con cara de niño acudió a las citas de las aguas y se vieron las sandalias de Facunda deambular por los aguaceros en busca del hijo que Fernando le quitó en otra ratonera, esta vez de madera. Se desbordaron las pocetas que duraron muy poco en la entrada de la aldea y de ellas comenzaron a salir unos horribles saurios con bigotes, que regalaban grados de comandante colgándolos en sus miembros. Y gemían, y gemían diciendo en unas raras plegarias que todo se arreglaría.

Alfonso después de morir de una apoplejía por la tanta lluvia, llegó enfundado en un paño negro con una cobija de yuraguano sobre sus hombros, diciendo que era para no volver a mojarse. Le leía el destino a los que por miedo se encerraban en los lugares más lejanos de la aldea. Vieron a Estela y a Rodrigo sobre la loma más alta besándose dentro de la boca de un enorme pez con ojos de cigüeña, que un militar había pescado para que solo así Jacinto pudiera vomitar a niños y más niños que tenía dentro de un saco de nailon también lleno de mentiras.

El terreno de la aldea ya cubierto de lodo, espinas, gatos muertos y mujeres con pieles de renos que se ciñeron a los pocos árboles que quedaban para someterse a la tragedia que ya inundaba a la aldea. Todo fue despedazándose, una manada de tiburones con barbas ralas y melenas de león se desintegraron cuando por error se comieron a Sigfredo.

Y después de nueve meses, siete días y tres horas, se detuvo el empuje de las aguas. Solo quedó de la entrañable aldea un recorte de palo que había escrito Gabriel con su insomnio, donde todavía se puede leer: Macondo, tenme en cuenta con perdón por desmentir estos hechos durante todos estos años.

16 de octubre 2011

Índice

Otros títulos de CAAW Ediciones
Catálogo Erótika
Disponibles en Amazon

Exorcismo Final, Yovana Martinez

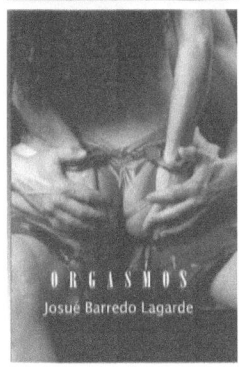

Orgasmos, Josué Barredo

2015
caawincmiami@gmail.com

www.ingramcontent.com/pod-product-compliance
Lightning Source LLC
Chambersburg PA
CBHW022033170626

46808CB00003B/1170